아무튼, 사전

아무튼, 사전

홍한별

위고

차례

층계에서 하는 생각

어릴 때 단어 하나를 잘못 알아들어서 죽을 뻔한 적이 있었다. 그때가 지금까지 살면서 죽음에 가장 가까이 다가갔던 때였다.

초등학교 4학년 때 친구를 따라서 교회에 다녔다. 방학이 되자 교회에서 '여름 성경학교' 캠프라는 걸 간다고 했다. 출발하기 전 일요일에 주일학교 선생님이 준비물을 불러주었다. "세면도구, 갈아입을 옷, 속옷, 수영복, 필기도구… '주브'." 마지막 단어가 뭘 가리키는지 몰라서 고개를 갸웃했다. 일요일마다 교회에서 나눠주는 종이를 '주보'라고 부른다는 사실은 알았기 때문에 그 종이를 챙겨 오라는가 보다 생각했다.

출발하는 날 아침 집합 장소에서 나 말고 다른 아이들은 전부 튜브를 챙겨 온 것을 보고서야 '주브'가 '튜브'라는 걸 알게 됐다(일본식 발음인 '주부(チューブ)'가 변형된 것인 듯하다). 이렇게 소리가 다른 두 단어가 같은 것을 가리킬 수 있다니. 꿈에도 생각 못한 일이었다(짐을 쌀 때 지난 예배의 주보를 챙기면서 조금 이상하다고 생각하긴 했다).

캠프는 가평 계곡 근처에 있는 초등학교를 빌려서 생활했다. 끝도 없이 지루한 예배 설교 찬송과 더

위에 지칠 무렵 다 같이 물놀이를 하러 계곡으로 갔다. 다른 아이들은 튜브를 끼고 물에 둥둥 떠다녔는데 튜브도 없고 수영도 할 줄 모르는 나는 그냥 허리 깊이 정도 되는 물속에서 혼자 걸어 다녔다. 그러다 무심코 한 발을 디뎠는데, 발이 땅에 닿지 않고 몸이 물속으로 쑥 들어갔다. 마구 허우적거렸지만 물 밖으로 나갈 수도 무언가를 붙잡을 수도 없었다. 계곡은 바다와 다르게 바닥이 고르지가 않아서, 허리 깊이 물이 갑자기 한 길 깊이가 되기도 한다는 걸 그때 알았다. 물은 아무리 움켜 봐야 잡을 수도 기댈 수도 없이 가벼우면서도 숨길을 덮치고 몸 안으로 밀려들 만큼 무거웠다. 물속에서는 시간이 다르게 흘렀다. 내가 죽는구나 확신하고도 남을, 영원이라고 느낄 만큼 긴 시간이 흘렀지만 어쩌면 그렇게 긴 시간은 아니었을지도 모른다. 그때 누군가가 내 팔을 잡고 나를 꺼내주었다. 중학생쯤 되어 보이는 오빠였는데, 우리 교회 일행이 아니라 가족끼리 물놀이를 하러 온 누군가였다. 나를 물가로 데려다주고 "괜찮니?"라고 묻고 내가 고개를 끄덕이자 가버렸다. 나는 패닉상태여서 고맙다는 말도 못했다. 다른 아이들은 여전히 소리를 지르고 웃으며 물놀이를 하고 있었다. 내 주위에 보이지 않는 막이 쳐져서 아무도 나를 보지 못하게 된 것 같았다. 그 오빠 말고는 내가 다른 세계에 갔다 오는 것을 본 사람이 없었다.

나중에 숙소로 돌아와 주일학교 선생님한테 죽을 뻔했다는 이야기를 했는데 선생님이 놀라지도 않고 묘한 표정을 지었다. 나중에 아이들이 다 모여 있을 때 선생님이 거짓말을 하면 안 된다는 내용의 훈계를 했다. 나에게 선생님의 눈길이 잠시 머물렀다.

나는 그 일에 대해 더 말하지 않고 그냥 입을 다물었다. 나에게도 잘못이 있다는 걸 알았기 때문이다. 나에게 일어난 모든 나쁜 일의 일차적 책임은 나에게 돌려진다는 걸 경험적으로 알았기 때문이다. 왜 수영도 못하면서 튜브를 안 가지고 왔니? 왜 혼자 다른 곳으로 갔니? 왜 조심하지 않았니?

나는 거짓말을 하지 않았다. 내가 잘못을 했다면 어리석게도 어떤 단어를 잘못 알아듣는 실수를 한 것뿐이다. 그런데 그 때문에 죽었을 수도 있다.

나는 거짓말을 하지 않았다. 다만 나에게 있었던 중대한 일을 제대로 전달하지 못했다. 아마도 4학년짜리 아이의 언어로 죽음의 문턱에 다녀온 경험을 제대로 전달하기는 불가능했을 테니까. 나는 단어를 잘못 알아들었을 뿐 아니라, 어떤 말이 어떤 대상을 가리키게 하는 데도 실패한 것이다.

어릴 때 기억을 더듬어보면 어떤 말뜻을 몰라서 나름대로 고민하고 궁리하고 끙끙거리다가 잘못된 결론을 내렸던 기억이 꽤 많다. 어른한테 물어봤다면 간단했겠지만, 무얼 모른다고 비웃음을 당해본 아이는 절대로 같은 실수를 반복하지 않는다.

말뜻을 잘 몰라서 일어나는 혼란은 대체로 내 머릿속에서 일어나고 시간이 흐르면서 저절로 해결되지만('아 그게 그 뜻이었구나') 내가 하려는 말을 제대로 전달하지 못해 일어나는 일들(말실수, 오해, 억울함, 답답함)은 사회적 장애를 일으킨다. 나는 제대로 말하지 못할까 봐 조바심을 느낀다. 말을 하려는 마음이 말보다 늘 한 걸음 빨라서, 엇박자로, 걸음마를 시작한 아기가 다리보다 마음이 먼저 나가는 바람에 넘어지듯이 말을 한다. 제대로 된 단어를 얼른 찾지 못해 과녁에 맞지 않는 단어를 사용한다(엄마는 이런 나를 잘 알아서 나한테 너무 빨리 말하려 하지 말라고 주의를 준다. 지금까지도).

나는 내 생각을 표현하는 데 적당한 말을 찾지 못해서 비슷한 말을 반복한다. 높은 곳에 손을 뻗을 때처럼, 노래를 할 때 높은음에 한 번에 가 닿지 못해 '사랑했지만-'이 아니라 '사랑했지므안-'이라고 부르는 사람처럼 더듬거린다. 아니면 마음만 급해서 물에 가라앉지 않으려고 물수제비뜨듯이 혼자 저 너머 발화의 종착점을 향해 달리다 청자의 손을 놓치고 만다. 나는 일부러 거짓말을 하지는 않는다. 그러나 늘 사실에 부족한, 어쩌면 진실에 닿지 못하는 말을 한다.

밖에서 사람들을 만나고 집에 돌아오면, 내가 했었어야 하는 말들이 계속 생각난다. 그날, 그날 밤, 그다음 날까지도. 프랑스어로 'l'esprit d'escalier'는 직역하면 '층계의 생각'이라는 말인데 사람들과 모여 이야기를 나누던 방에서 나와 층계를 다 내려왔을 때야 뒤늦게 생각나는 재치 있는 대꾸나 농담을 뜻한다. 다시 층계를 거슬러 올라가서, 아까로 돌아가서, 절묘한 타이밍에 그 말을 할 수 있다면 얼마나 좋을까. 사람을 만난 뒤에 나는 층계의 생각이 너무 많아져 다른 생각을 하기가 힘들다. 내가 혼자 방에서 글을 쓰는 일을 직업으로 삼게 된 것도 그런 탓이 크다. 나에게는 늘 시간 차를 두고 떠오르는 것 같은 적절한 말을, 글로는 뒤늦게라도 주워 담을 수 있기 때문이다. 글은 최소 서너 번의 수정 기회가 주어지니까.

그러나 나는 언젠가는 완벽한 말을 할 수 있을 것이다. 내 손에 필요한 단어 카드가 모두 들려 있어서 알맞은 순서로 한 번에 내려놓을 수 있는 때가 올 것이다. 내가 그 단어들을 다 알기만 하면. 그 단어들이 미끄러지지 않고 고정된 값을 지니기만 하면. 내가 하는 이야기를 당신이 그대로 들을 수만 있다면. 나는 강박적으로 단어를 모으고 모은다. 단어가 모자라서 할 말을 다 하지 못할 것 같은 두려움 때문에.

단어의 힘

사전에 있는 단어는 그저 무구하고 무력하지만, 단어를 조합하는 방법을 아는 사람의 손에 그것이 들어갔을 때는 얼마나 강력한 선과 악의 도구가 되는지.

-너새니얼 호손, 『아메리칸 노트북(The American Notebooks)』

'말은 나에게 상처를 줄 수 없다'라고 말하는 사람은 사전으로 머리를 맞아보지 않은 사람이다.

-폴 비티, 『터프(Tuff)』

또 초등학교 4학년 때 이야기인데, 단어에 힘이 있다는 걸 그때 처음으로 알게 됐다. 나는 아주 작아서 맨 앞줄에 앉았는데 나만큼 작아서 나와 짝이 된 이슬비라는 아이가 있었다. 우리는 아침에 학교에 가서부터 사위가 어두워질 때까지 붙어서 같이 놀았다. 그러다가 가끔 다투기도 했다. 무슨 일로 다퉜는지 기억은 잘 안 나지만 뭐 이런 것들이 아니었을까 싶다.

"『소년중앙』이 더 볼 거 많고 재밌어."

"아냐, 『보물섬』이 만화도 더 많고 재밌어."

이런 문제로 의견이 충돌하면, 객관적 근거를 제시해 설득하기는 어려운 한편 각자의 세계관이나 신념과 직결된 문제라 쉽게 의견을 굽히기 힘들다.

"『소년중앙』이 더 재밌어."

"『보물섬』이 더 재밌어."

"『소년중앙』 유치해."

"『보물섬』이 더 유치해."

이렇게 언쟁이 제자리를 맴돌다가, 이슬비가 딱 이 말 한마디로 결정타를 날렸다.

"내 말이 맞아. 엄연한 사실이야."

나는 '엄연하다'*라는 말을 그때 태어나서 처음 들었다('어먼하다'로 들었을 수도 있다). 그러니 당연히 무슨 뜻인지 몰랐다. 하지만 무언가 무게감 있고 강력한 단어라는 걸 온몸으로 알 수 있었다. 게임으로 치면 1티어에 해당하는 전투력을 지닌 단어다. 그냥 '사실'은 '엄연한 사실' 앞에서는 맑은 날 지렁이처럼 쪼그라들 수밖에 없다. '엄연한 사실'을 이길 만한 말, 그 말에 반박할 말을 찾지 못한 나는 (그때 '자명한 진실'이라는 말을 알았다면 좋았을 텐데!) 말씨름에서 지고 분한 마음으로 집으로 돌아왔다. 그리고

* 엄연하다: 누구도 부인할 수 없을 정도로 명백하다.(『연세 한국어사전』)

어떤 단어 하나가 변변찮은 백 마디 말보다 더 강력한 힘을 가질 수 있음을 알았다.

어린아이는 언어를 배우면서 동시에 세상을 배워나간다. 아이는 주변 사람들이 말하는 것을 듣고 추론에 의해 말을 익힌다. 단어가 쓰이는 용례를 수집하고 의미를 제련해서 제 것으로 삼는다. 이렇게 모은 단어들을 잇고 엮고 쌓아 세계를 구성한다. 어떤 단어를 새로이 알게 되면, 그 단어가 표상하는 영역만큼 세상이 넓어진다. 새로 알게 된 단어는 세상을 이해하고 설명하는 도구가 된다.

우리에게 필요한 단어가 없으면, 다른 사람의 고급 언어 공격을 받아칠 수도 없고 세상을 이해할 수도 없고 내 생각을 표현할 수도 없어 위태롭다. 그런데 문제는 우리에게 필요한 단어가 무엇인지, 그 단어를 모르는 상태에서는 알 수가 없다는 것이다. 나에게 필요한 단어가 '엄연하다'라는 사실을 그 단어로 얻어맞기 전에는 몰랐던 것처럼.

그래서 우리에게는 사전이 있다.

사전은 지금은 내가 모른다는 사실조차 모르더라도 앞으로 지식에 부족함을 느낄 가능성에 대비하기 위한 책이다. 다시 말해 지금 무언가를 알기 위해 읽는 책이 아니라 앞으로 모를 것에 대비해 소장하는 책이다.

어렸을 때 엄마한테 이런 이야기를 들었다. 어떤 사람이 영어사전을 통째로 외우겠다고 마음을 먹고, 앞에서부터 외워나가면서 한 장을 외울 때마다 책장을 뜯어 먹어 결국 한 권을 다 먹어 치웠다는 이야기였다. 그렇게 사전과 물아일체로 '걸어 다니는 사전'이 되려고 했던 사람이 그다음에 어떻게 되었는지는 기억이 안 난다. 아마 이야기 뒷부분은 앞부분만큼 흥미롭지 않았기 때문에 잊혔을 것이다. 영어에서 누군가가 '사전을 삼켰다(swallowed a dictionary)'라고 하면 쓸데없이 길고 난해한 단어를 쓰는 사람을 가리키는 말이니 아마도 따분한 대화 상대가 되었을 것 같다.

게다가 한 장 한 장 뜯어내 배 속으로 사라진 사전이 아무리 맛있어 봤자 책장에 꽂혀 있는 묵직하고 두툼한 사전 자체가 주는 만족감을 능가할 수는 없을 것이다. 사전은 무엇보다도 '완전성'이 최대의 미덕인 책이기 때문이다. 사전은 모든 것을 포괄하는 완전하고 빈틈없는 체계를 추구한다. 완전한 사전만 있다면 세상의 모든 개념을 알 수 있을 것이다. 완전한 사전은 완전한 도구이고 완전한 무기이고 완전한 자신감이다.

어학사전이나 백과사전이 아니라도 제목에 '사전'이나 '백과'라는 말이 들어간 책을 보면 나는 일단 혹한다. 무언가를 '집대성'했다는 것이 실제로는 주장에 그칠 가능성이 높다는 건 알지만(대학원 다닐 때 내가 읽어야 할 문학이론 책이 너무 많고 어렵게 느껴져서 『현대 문학이론 백과사전』이라는 값비싼 책을 샀지만 별 도움은 안 됐다) 무언가를 모았다는 것, 자료를 수집하고 정리해서 조직화했다는 것은 일단 위대한 일이다. 그래서인지 내 책꽂이를 훑어보면 제목에 '사전', '백과' 등의 단어가 들어간 책이 유달리 많다.

사실 번역가, 작가, 편집자 등 책을 만드는 일을 하는 사람에게는 사전이 꼭 필요한 도구다. 예전에는 필요한 사전을 종류별로 갖춰야 했지만, 이제는 해당 정보를 찾을 수 있는 인터넷 주소만 북마크해놓으면 되니 다행히 물리적 공간이 많이 절약된다. 나는 '사전'이라고까지 할 수는 없지만 자잘한 정보를 한데 모은 목록을 만드는 것을 좋아한다. 특정 분야의 책을 번역할 때 인터넷에서 관련 용어집을 모두 찾아서 하나로 합해 나만의 용어집을 만들기도 한다. 그렇게 하면 여러 웹사이트를 다니면서 찾을 필요 없이 내가 만들어놓은 스프레드시트 하나만 보면 되니까 편리하기도 하고 모든 정보를 통합해놓으면 어딘가에서 결함이 있는 정보나 잘못된 정보를 보게 될 위험도 줄어든다. 무엇보다도 용어집을 완성해놓으면 필요한 도구를 갖추었다는 자신감이 생긴다.

나는 당장 읽지도 않을 책들을 사서 책꽂이에 꽂아놓는 것도 좋아하는데, 책을 일종의 외장 메모리로 생각하기 때문인 것 같다. 머리에 꽂으면 내 지식이 되는 메모리스틱처럼 여긴다. 그중에서도 모든 지식을 집대성한 사전이 집에 있다면, 테라바이트급의 메모리스틱을 갖고 있는 셈이니 얼마나 든든한가(언제 머리에 꽂을지는 알 수 없지만).

정보와 지식을 축적하려는 욕구는 재화를 축적하려는 부르주아적 욕구와 다르지 않다. 우리는 동전을 모으듯 단어를 모은다. 힘을 갖기 위해서.* 동전과

* 동전과 단어에는 또 공통점이 있다. '만들다'라는 의미가 있는 영어 동사 'mint'가 목적어로 취할 수 있는 단어가 대표적으로 이 두 개다. 'mint a coin'은 동전을 주조한다는 말이고 'mint a word'는 단어를 새로 만들어낸다는 말이다. 또 'coin'은 동전이기도 하지만 '새로운 단어를 만들어내다'라는 뜻으로도 자주 쓴다.

단어의 차이점은, 단어는 아무리 써도 줄지 않는다는 것이다. 그러니까 내가 사전에 돈을 쓰는 것도 아주 불합리한 소비는 아니라고 합리화할 수 있다.

주머니에 단어 모으기

사전을 아무리 많이 갖춰 봤자 사전에 수록된 단어를 다 쓸 수는 없다. 머릿속에 언제나 꺼내 쓸 수 있는 단어들이 많이 쌓여 있어야 한다. 그래서 나는 일을 할 때 말고도 평소에 습관적으로 자꾸 단어를 주워 모은다. 그런다고 해서 내 어휘력이 대단하냐면 그렇지는 않다. 주워 모은 단어 대다수는 주머니에 구멍이 난 것처럼 어느덧 사라진다. 게다가 내가 아는 단어는 특정 분야에 편중되어 있다. 누가 음유시인이 영어로 뭐냐고 물으면 세 단어 정도가 동시에 떠오르지만, 아이들도 아는 'LMAO' 같은 말은 무엇의 약자인지 또 까먹었고 관심 없는 분야(경제라든가)의 어휘는 아주 쉬운 것도 잘 모른다. 주로 내가 좋아하는 책을 읽으면서 단어를 모으기 때문이다. 처음 보는 단어, 본 적은 있으나 써본 적은 없는 단어, 어떤 단어가 평소에 같이 쓰이지 않는 단어와 어울려 쓰이거나 흔하지 않은 용법으로 쓰인 것을 보면 그것도 기억하려고 애쓴다. 대부분의 단어는 손안의 모래알처럼 빠져나가지만, 내가 특별히 찾고 있었던 거라면 손에 남을 것이다.

얼마 전에 잡지에서 원고를 청탁받았는데, 마지막 한 문장을 못 써서 마무리를 못하고 있었다. 뭔가 할 말이 조금 더 있는 것 같은데 구체적인 말로 떠오르지 않았다. 원고를 접어두고 며칠 뒤에 내가 쓰던 글과 전혀 무관한 주제의 책을 읽는데, '침해'*라는 단어가 눈에 들어왔다. 그 단어를 보는 순간 내가 쓰다 만 글의 마지막 문장이 떠올랐다. '침해'라는 단어를 떠올리지 못해서 그 문장을 쓰지 못하고 있었던 것이다. 타인에게 관심을 갖고 타인을 응시하면서 때로 그 시선에 폭력이 내포되지 않았나 걱정할 때가 있다. 어떤 물리적 접촉도 없더라도 나의 존재가, 또 나의 존재가 내포한 권력이 삼투하여 상대를 얽맬 수 있다고 생각한다. '침해'라는 말이 이런 미묘하고 형체가 없었던 두려움을 표현할 수 있는 도구가 되어주었다. 어떤 단어가 애매했던 생각에 형태를 부여하거나 말하지 못하던 것을 말하게 해주는 이런 신기한 일이 종종 일어난다.

번역을 할 때도 마찬가지다. 번역과 글쓰기의 재료인 단어는 많을수록 좋다. 레고로 무언가를 만들 때 다양한 형태와 크기의 블록이 있으면 더욱 복잡하고 정교한 작품을 만들 수 있는 것하고 비슷하다. 그런데 머릿속에 들어 있는 단어, 쉽게 떠올리고 꺼내

* 침해: 침범하여 해를 끼침.(『표준국어대사전』)

쓸 수 있는 단어의 수에는 한계가 있어서 번역을 하거나 글을 쓰는 사람은 단어를 게걸스럽게 모아야 한다.

많이 듣고 써본 적이 없어 떠올리지 못하는 단어도 있지만, 너무 평범해서 놓치는 단어도 있다. 번역을 하면서 영어로 이루어진 세계에서 영어로 표현된 생각을 우리말로 옮기는 과정을 반복하다 보면, 영어 단어와 쌍을 이루어 대응하지 않는 우리말 단어는 나도 모르게 나의 어휘 체계에서 빠져나가고 잊히는 것 같기도 하다. 이렇게 잊고 있던 단어를 어쩌다가 다시 맞닥뜨리면 깜짝 놀란다. '아, 이런 단어가 있었지!' 하면서.

얼마 전에 이렇게 되찾은 단어가 '한심하다'* 라는 단어다. 어디선가 지나가다가 '한심하다'를 봤는데, 최근에는 내가 이 단어를 쓴 적이 없다는 생각이 들었다. 한동안 잊고 지냈던 것이다(내가 어릴 때 가장 좋아했던 만화가 윤승운의 『꼴찌와 한심이』였는데 어떻게 이런 일이 일어날 수가 있나!). 그런데 '한심하다'를 기억해내면서 'What a loser'나 'I feel

* 한심하다: 정도에 알맞지 않아 마음이 가엾고 딱하거나 기막히다.(『고려대 한국어대사전』)

foolish'를 번역할 때 뭔가 적당한 말이 생각 안 나고 어떻게 번역해도 조금 아쉬웠던 게 떠올랐다. 그 자리에 딱 넣을 수 있는 단어가 '한심하다'였는데! 'loser'나 'foolish'를 영한사전에서 검색하면 '한심하다'라는 단어는 안 나온다. 의미의 결이 조금 다른 단어이기 때문이다. 'loser'를 찾으면 역어로 '패자, 낙오자, 실패자' 등이 제시되고 'foolish'는 '어리석은, 바보 같은, 멍청한' 같은 단어들을 불러낸다. 반면 '한심하다'는 (모자람이나 어리석음을 대면하고) 발화자가 느끼는 감정을 나타내는 말이라 이 두 단어와 직접 연결되지는 않는다. 그렇지만 '패배자 같은 녀석'보다는 '한심한 녀석'이, '바보 같은 기분이야'보다는 '나 정말 한심하지'라는 번역이 더 우리말답고 자연스럽다. 번역은 그렇게 때로 초점을 이동하거나 살짝 관점을 바꾸었을 때 더 그럴듯하게 완성되기도 한다. 사전만 붙들고 번역을 해서는 이런 문장들을 떠올릴 수가 없다. 영어-한국어를 대응시켜놓은 그물망 밖에서 생각할 수 있게 해주는 다양한 '단어 자원'이 필요하다.

'한심하다'를 다시 찾아서 반가웠다. 이렇게 잃어버렸던 소중한 단어를 되찾으면 다시 잊지 않기 위해 영화 〈메멘토〉에서처럼 문신으로 새기고 싶다. 몸에 '한심하다'를 새기면 자존감에 좋지 않은 영향을 미칠 것 같긴 하지만. 그만큼 단어는 소중하고 늘 아쉽고 모자란다.

어떤 단어를 가진 덕에 내가 하고 싶은 말을 할 수 있었던 경험이 쌓이면서 단어에 대한 욕심은 점점 자란다. 그러다 보니 책을 읽을 때, 텔레비전을 볼 때, 소셜네트워크를 훑어볼 때, 사람들이 하는 말을 들을 때도 자꾸 단어를 줍게 된다. 이렇게 주운 단어를 조금 귀찮지만 시간을 내어 휴대전화 메모 앱에 적어놓기도 한다. 지금 메모 앱을 열어보니 가장 최근에 적은 단어가 '당초'와 '내도록'이다. 어디에서 주웠는지는 모르겠지만 내가 잘 안 쓰는 단어라 언젠가 쓸 수 있지 않을까 하고 적어놓은 듯하다. 언젠가 이 단어가 모호한 생각 덩어리를 핀으로 꽂듯이 딱 글에 고정해줄 도구가 될 날을 기대하면서.

네 사전을 믿지 말라

나는 사전을 사랑하지만, 사전을 믿지 말라는 말을 자주 되새긴다. 사전은 완전하다는 환상을 주지만 사실은 끊임없이 변화하는 언어를 어떻게든 붙들어서 고정하려는 불가능한 기획이다. 우리는 사전이 관념과 기호를 대응시킨다고 믿지만 소쉬르 언어학에서 이미 기호는 다른 기호와의 관계에서만 의미를 갖는 유동적인 체계라고 하지 않았나? 사전을 생각하면 하이젠베르크가 입자의 위치와 운동량을 동시에 정확히 측정할 수는 없다고 한 말이 떠오른다. 어떤 단어의 의미를 정확히 포착해 기술하려고 할수록 그 단어가 움직일 수 있는 범위의 불확정도(퍼짐)는 더욱 커질 것이다.

사전은 의미의 닻일 뿐이다. 닻줄을 얼마나 길게 늘이느냐에 따라 배는 꽤 멀리, 때로 위험스러운 곳으로 흘러가기도 한다. 글을 쓰는 사람은 사전을 닻으로 삼아 최대한 멀리 뻗어나가야 한다. 단어의 새로운 쓰임을 만들어야 한다. 언어는 실제로 쓰이면서 의미가 증폭된다. 어떤 단어를 새로운 맥락에 갖다놓으면, '새로운 단어'까지는 아니더라도 단어의 '새로운 의미'가 만들어진다.

그래서 글을 쓰거나 번역을 하는 사람은 사전 편찬자와 동지 의식을 느끼고 사전과 긴밀하게 협업을 하면서도, 정반대로도 작업을 해나가야 한다. 사전을 기준으로 삼되 최대한 사전 밖으로 나가서 새롭고 다채롭고 신선하고 의외로운 단어의 쓰임을 만들어야 한다.

번역을 하는 사람이 가장 크게 의존하는 사전은 이중언어 사전이다. 사실 이중언어 사전은 단일언어 사전보다 훨씬 오랜 역사를 지녔다.* 어떤 언어와 다른 언어가 만났을 때 가장 먼저 일어나는 일이 사전 만들기이다. 낯선 언어가 서로 부딪히면 책으로 된 형태는 아니더라도 단어와 단어를 대응시키는 목록이 반드시 만들어지게 된다. 그것을 이용해서 서로 다른 언어를 쓰는 사람들이 의사소통을 할 수 있게 된다.

나도 번역을 할 때 하루에도 수십 수백 번씩 영한사전 사이트를 들락날락한다. 번역하는 일의 절반은 단어 검색이다. 일반 사전 이용자가 사전에서 찾는 단어와 번역가가 찾는 단어는 겹치기도 하지만 다르기도 하다. 일반 이용자라면 이미 알고 있는 쉬운

* 현존하는 최고(最古)의 사전은 기원전 2300년경에 쓰인 수메르어-아카드어 사전이다. https://ko.wikipedia.org/wiki/사전의_역사 참조.

단어는 굳이 찾지 않을 테지만, 번역가는 쉬운 단어도 다시 찾아야 할 때가 많다. 모르는 단어를 찾고 아는 단어도 찾고 내가 아는지 모르는지 모르는 단어도 찾는다. 우리가 익숙하게 아는 영어 단어들(중학교 수준 단어들)을 보면 한 가지 대표 의미가 자동으로 떠오르는데 그게 번역에는 오히려 방해될 때가 있다. 이를테면 'disaster'를 가장 먼저 떠오르는 '재난'으로 옮겨놓았다고 해보자. 그것만 가지고도 어떤 맥락의 글이든 80퍼센트 정도는 뜻이 통할 테니 게으른 번역가는 그대로 둘 수도 있다. 그렇지만 'disaster'가 불러낼 수 있는 역어는 '재난' 말고도 많다. '재난'과 '재앙'과 '재해'는 비슷하게 보이지만 뜻도 다르고 쓰이는 맥락도 다르다. 게다가 'dinner'가 '점심'일 때가 있고 'corn'이 '밀'일 때가 있고 'jumper'가 '치마'일 때가 있다는 걸 알게 되면* 내가 아는 단어가 진짜로 아는 단어는 아니라는 생각이 들 것이다. 아무리 베테랑 번역가라 해도 사전 없이 작업할 수는 없다.

* 'dinner'는 본디 '하루의 끼니 중 중심이 되는 식사'라는 뜻이라, 과거 노동 계층에게는 점심이 'dinner'였다. 'corn'은 본래 '주곡'이라는 뜻이고, 'jumper'는 영연방에서는 주로 스웨터를 가리키고 미국에서는 점퍼스커트를 가리키지만 한국에서는 '잠바'와 동의어다.

흔히 번역은 텍스트 사이의 완벽한 대응을 찾는 것이라고 생각한다. 그래서 어떤 사람들은 원문을 이루는 단어의 뜻으로 이중언어 사전에 망라된 것만 번역문에 쓸 수 있다고, 그 밖의 뜻을 내세우면 '틀린 번역'이라고 생각하기도 한다. 그렇지만 내가 가장 관심을 두고 안테나를 세우는 분야는, 어떤 영어 단어의 뜻으로 영한사전에는 나오지 않지만 그 단어와 의미가 연결될 수 있는, 그 단어가 끌어 올릴 수 있는 무수히 많은 우리말 단어이다('foolish'나 'loser'가 '한심하다'와 연결된다든가 하는 것처럼). 사전을 볼 때는 약간 아웃포커싱을 하듯 흐릿한 눈으로 보는 게 좋다. 사전에 나와 있는 단어 자체가 아니라 그 단어에 서린 의미를 보는 것이다. 그래야 사전적 의미에서 벗어날 수 있다. 그뿐만 아니라 영한사전에만 의존하면 안 되고 영영사전, 한국어사전, 한국어 동의어사전, 한국어 활용사전 등을 이용해서 의미의 그물망을 넓게 쳐 더 좋은 단어를 건져내야 한다.

내가 번역할 때는 포털사이트 다음에서 제공하는 『금성그랜드 영한사전』, 네이버에서 제공하는 『옥스퍼드 영한사전』을 주로 보지만, 『롱맨 영한사전』도 때로 좋은 결과를 내놓기 때문에 즐겨 찾는다. 『롱맨 영한사전』은 국내 영한사전 중에서 유일하게 '말뭉치(코퍼스)'를 사용해서 만든 사전이다. 말뭉치란 사람들이 실제로 사용한 언어의 표본을 잔뜩 모아 만든 자료이다. 말뭉치를 활용하면 현재 사람들이 사용하는 언어를 반영한 사전을 만들 수 있다. 『롱맨 영한사전』은 표제어 수가 비교적 적고 뜻이 세세하게 나와 있지는 않지만, 말뭉치 사전만의 강점이 있다. 실제 쓰이는 용례를 먼저 보여줘서 활용하기 편리하고, 특히 쉬운 단어를 검색했을 때 구태의연한 뜻풀이 대신 의외로 쓰기에 적절한 우리말 단어를 제시한다. 예를 들어 'garden'이라고 하면 거의 자동으로 '정원'을 떠올리는데, 사실 일반 가정에는 어울리지 않는 단어다. 『롱맨 영한사전』은 '텃밭', '마당'이라는 뜻을 같이 보여준다. 또, 과거에는 'stove'가 난방과 요리 두 가지 용도로 쓰였지만 점차 기능이 분리되어 요즘에는 'stove'라고 하면 요리할 때 쓰는 레인지를 가리킬 때가 압도적으로 많다. 그런데 'stove'의 첫 번째 뜻으로 '난로' 대신 '레인지'를 올린 영한사전은 내가 찾아본 바로 현재 『롱맨 영한사전』뿐이다.

국립국어원에서 운영하는 온라인 사전 『한국어-영어 학습사전』도 말뭉치를 이용했다. 이 사전은 우리가 생각하는 엄밀한 의미의 사전은 아니고, 어떤 영어 단어를 찾으면 그것과 연관이 있는 한국어 단어와 예문을 같이 보여준다. 그 단어에 딱 들어맞는 역어만이 아니라 의미상 연관이 있는 우리말을 같이 보여주기 때문에, 일반 사전에서 적절한 단어를 못 찾았을 때 의외의 방향을 제시해줄 수 있다. 예를 들어서 'decent'의 역어로 『옥스퍼드 영한사전』은 '괜찮은, 품위 있는, 예의 바른, 적절한, 옷을 제대로 입은'을 보여주고 『금성그랜드 영한사전』은 '제대로 된, 알맞은, 어울리는, 신분에 맞는, 온당한, 조심성 있는, 기품 있는, 상당한, 쑬쑬한' 등을 보여준다. 그런데 『한국어-영어 학습사전』에서 찾으면 '웬만하다, 점잖다, 반반하다, 버젓하다, 번듯하다, 변변하다, 어엿하다, 정갈하다, 양가(良家)' 등 전혀 다른 단어 세트가 나온다. 의미상 연관이 있으면서 실제로 우리가 많이 쓰는 단어들이다.

여기에다가 우리말 유의어사전을 추가하면 어휘를 더욱 증폭할 수 있다. 영한사전이 보여주는 역어들이 성이 안 찬다 싶을 때 유의어사전을 열어보고 파도타기를 하듯이 단어의 꼬리의 꼬리를 물고 가다가 적절한 단어를 만나기도 한다. 지금 '적절한'이라는 말을 내가 너무 자주 쓰고 있다는 느낌이 드는데, 이럴 때 유의어사전이 있으면 '알맞다, 적당하다, 적합하다, 적정하다, 마침맞다, 걸맞다' 등등의 비슷한 단어들을 찾아서 '알맞게' 바꿔줄 수 있다. 나는 낱말닷컴(natmal.com)에서 유료로 제공하는 웹사전 『기본유의어사전』을 쓰는데 1년 치씩 끊으면 구독료가 한 달에 2천 원 정도고 그 이상으로 충분한 가치를 한다.

여기에 더해 내가 요새 즐겨 보는 사전은 한국 최초의 한영/영한사전인 H. G. 언더우드의 『한영자전(한영ᄌᆞ뎐)』이다. 그야말로 영어와 우리말이 사실상 처음 만났을 때 만들어진 사전이다. 1890년에 선교사들의 편의를 위해 한영사전(표제어 4,910개)과 영한사전(표제어 6,702개)을 하나로 합해 편찬했다. 이 사전에는 다른 사전에는 안 나오는 뜻풀이 단어들이 많이 나온다. 1890년 무렵에 쓰던 단어들이니 오늘날에는 안 쓰는 단어들도 있지만 그래서 더 짜릿하다. 이 책이야말로 '잃어버린 단어들의 사전'이다. '친밀감'을 뜻하는 'affinity'를 찾으면 '오곰사리'와 '쟉부쟉'이 나오는데 나로서는 무슨 단어인지 도무지 짐작도 안 간다. 현대 한국어사전에서는 찾을 수가 없는 단어들이다. 그런데 이 시효가 다한 듯한 사전에서 생각 못했던 뜻풀이 단어를 건질 때가 있다. 예를 들어 'embarrass'의 뜻으로 '무안케 하다'가 나오는데, 'embarrass'의 역어로 손색이 없는 말인데도 요즘 사전에서는 이상하게 '무안'이라는 말이 들어가는 뜻풀이 단어를 찾을 수 없다. '무안을 주다'로 현대화해서 맥락에 따라 '마침맞게' 쓸 수 있는 소중한 역어다(잊지 않도록 '한심하다' 아래에 '무안하다'를 새기는 것도 좋겠다).

말이 나온 김에 여러 사전에서 'foolish'를 찾아보고 『한영자전』과 비교해보자. 『금성그랜드 영한사전』에는 '어리석은, 지각없는, 바보 같은, 사소한, 시시한, 하찮은'이 나오고 『옥스퍼드 영한사전』에는 '어리석은, 바보 같은 (기분이 들게 하는)', 『롱맨 영한사전』에는 '어리석은, 바보 같은, 웃음거리가 되기 쉬운'이 나온다. 세 사전에 큰 차이가 없다. 『한국어-영어 학습사전』을 찾으면 '멍청하다, 맹하다, 바보스럽다, 어벙하다, 비다, 얼빠지다' 등 조금 더 구어에 가까운 말들이 나온다. 『한영자전』을 찾으면 '미련하오, 둔하오, 투미하오' 등 새로운 단어가 나온다. 이렇게 해서 'foolish'의 역어 개수를 얼마나 늘렸는지 보자. 여기에다가 『기본 유의어사전』에서 '어리석다'를 찾으면 '어리다, 빙충맞다, 순진하다, 꺼벙하다, 못나다, 우둔하다, 우매하다, 무모하다, 어리뻥뻥하다' 등 70개 정도의 유의어를 추가할 수 있다. 이 많은 단어 중에서 내가 번역하려는 문장에 딱 들어맞는 단어를 고르면 된다(이렇게 많이 찾았지만 아쉽게도 '한심하다'는 안 나왔다. 그래도 괜찮다. 몸에 문신으로 새길 거니까).

다 똑같은 뜻인데 팔구십 개 중에서 아무거나 쓰면 되는 거 아니냐고? 아니다. 아무나 지나가는 사전 편찬자를 붙잡고 물어보라(그런 직업을 가진 사람이 멸종하지 않았다면). 팔구십 개 단어가 전부 미묘하게 다르다고 할 것이다. 나도 동의한다.

사전은 고양이로소이다

내가 『아무튼, 사전』을 쓰기로 했다고 남편한테 처음 말했을 때 남편이 당혹스럽다는 반응을 보였다.

"나는 '사전'이라는 말에 아무 느낌이 안 드는데?"

남편은 지금까지 나온 '아무튼' 시리즈를 꽤 여러 권 읽었다. '서재, 쇼핑, 망원동, 잡지, 게스트하우스, 스웨터, 피트니스, 스릴러, 계속, 방콕, 택시, 트위터, 외국어, 문구, 술, 예능, 산, 요가, 여름, 달리기, 메모, 후드티, 떡볶이, 클래식, 바이크, 연필, 피아노, 노래'를 읽었다고 한다(남편한테 '아무튼' 시리즈 중 뭘 읽었냐고 물었더니 이 목록을 줬다. 목록을 만들기를 좋아하는 걸 보면 내가 왜 이 사람하고 결혼했는지 알 것 같기도 하다). 주제에 뭔가 관심이 끌려서 읽었을 텐데, 목록만 봐도 상당히 다양한 분야에 관심이 있다는 걸 알겠다. 그런데 유독 '사전'이라는 말을 들었을 때만은 아무 감흥이 없다는 것이다.

그 뒤로 이 책을 준비하고 쓰는 동안에 만난 사람들에게 요즘 무슨 책 작업하냐는 질문을 듣고 『아무튼, 사전』을 쓰려 한다고 말했을 때도 약 0.5초 정도의 버퍼링을 감지하곤 했다. "…와. 재미있겠네요." 간혹 "'사전'…이요?"라고 되묻는 사람도 있었다. 그 뒤에 생략된 말은 남편이 한 말과 같을 듯싶다. 사전이 책을 쓸 정도로 흥미로운 주제인가, 라는 의문. 『아무튼, 수학의 정석』이란 책이 만약 있다면 나도 비슷한 느낌을 받을지 모르겠다(한편 남편은 『수학의 정석』을 아주 좋아해서 고등학교 때 보던 것을 30년째 소중히 간직하고 있다). 따분하고 지루하다는 느낌. 그래서 '사전은 재미없는 것'이라는 오해를 불식하기 위해 재미있는 사전 이야기를 조금 하려고 한다.

그런데 솔직히 말하면 사전은 재미없는 게 맞다. 메리엄 웹스터 출판사의 사전 편찬자 코리 스탬퍼는 사전에 들어갈 예문은 무미건조할수록 좋다고 말한다. "사전의 목표는 사람들에게 단어가 뜻하는 바와 단어가 사용되는 방식을 최대한 객관적이고, 냉정하고, 기계적인 방식으로 알려주는 것"이므로 "인간적으로 가능한 한 지루해야 한다"*는 것이다. 그래도 사전이 하나같이 지루하기만 한 것은 아니다.

사사키 겐이치의 『새로운 단어를 찾습니다』는 일본을 대표하는 두 권의 일본어사전 집필자 겐보 히

* 코리 스탬퍼, 『매일, 단어를 만들고 있습니다』, 박다솜 옮김, 윌북, 2018, 189면.

데토시와 야마다 다다오의 활동을 추적하는 책이다. 두 사람은 거의 혼자만의 힘으로 각자 사전 한 권씩을 엮어낸 '초인'이다. 그런데 두 사전의 성격이 매우 대조적이다.

우선 야마다 다다오의 『신메이카이 사전』은 뜻풀이에 개인의 철학이나 주관적 생각을 넣기를 삼가지 않는다. '붉돔'은 "얼굴은 붉은 도깨비 같지만 맛있다"*라고 정의하고 '정계(政界)'는 "[불합리와 금권이 행세하는] 정치가들의 사회"**라고 정의하는 등, '사전적 정의'라고 하기 힘든 뜻풀이가 나온다. 야마다 다다오가 마치 사전을 개인의 취향 표현이나 사회 비평의 매체로 생각했던 것처럼 보이기도 한다. 예문도 개인의 경험을 반영해 직접 쓴 작성례를 넣었다.

이렇듯 『신메이카이 사전』은 집필자의 머릿속에서 튀어나온 듯한 전형적인 탑다운 방식의 사전인 반면, 겐보 히데토시의 『산세이도 사전』은 정반대의 바텀업 방식으로 단어에 접근한다.*** 겐보 히데토시는

* 사사키 겐이치, 『새로운 단어를 찾습니다』, 송태욱 옮김, 뮤진트리, 2019, 36면.

** 같은 책, 281면.

*** 이 문장에서의 '탑다운'과 '바텀업'처럼, 이 책에 나오는 외래어 중 일부는 외래어 표기법을 따르지 않았다. 언중의

이 사전을 위해 혼자서 무려 145만 개에 달하는 용례를 수집했다고 한다. '살아 있는 현대어' 사전을 만들겠다는 일념으로 주위에 있는 모든 문자를 읽어서 엄청난 데이터베이스를 만들었다. 『산세이도 사전』의 예문은 실제 용례를 이용했고, 정의는 과하지도 부족하지도 않고 간명하다. 무색투명하고 무미건조한, 일반적으로 생각하는 사전의 이상에 딱 들어맞는 사전이다(뒤에서 다시 이야기하겠지만 사전이 무색투명한 객관성을 추구할 수는 있어도 실제로 그것이 반드시 가능한 것은 아니다).

그런데 1990년대에 접어들면서 이상한 일이 일어난다. 집필자의 주관이 너무 뚜렷해 고개를 갸웃하게 만들던 『신메이카이 사전』의 판매가 뒤늦게 늘기 시작하더니, 사전의 정석 같은 『산세이도 사전』을 추월한 것이다. 독자들은 『신메이카이 사전』이 비록 객관성은 부족하지만 인격과 개성이 느껴진다는 점을 오히려 재미있게 느꼈다. 『신메이카이 사전』에는 '신카이 씨'라는 별명도 생겼다. 사전 뜻풀이를 읽다 보면 생선을 좋아하고 정치 이야기가 나오면 툴툴거리

한 사람으로서 앞으로 외래어 표기가 바뀌기를 기대하는 마음으로 일부러 그렇게 적었다.

는 아저씨의 이미지가 그려진다. 세상에서 가장 딱딱한 책으로 생각되던 사전을 사람들이 인격적 존재로 간주하며 친밀하게 여기게 된 것이다. 『신메이카이 사전』은 1990년대 후반부터 인기가 치솟더니, 누적 부수 무려 2천만 부를 기록하며 일본에서 가장 많이 팔린 일본어사전이 되었다. "사전을 '찾는' 것에서 '읽는' 것으로 바꿔"*놓은 혁신적 사건이었다. 『신메이카이 사전』은 앰브로즈 비어스가 쓴 풍자 사전 『악마의 사전』처럼, 정보를 얻기 위해서가 아니라 재미를 얻기 위해서 읽는 사전이 되었다. 사전의 기능과 목적에 명확히 부합하지 않는다는 점이 오히려 인기의 요인이 된 사례다.

영어사전 중에도 재미로 읽게 되는 사전이 있다. 'Vocabulary.com'이라는 온라인 사전 사이트에 들어가면 시간 가는 줄 모르고 놀게 된다. 이 사전은 공간 제약이 없는 온라인 사전의 특성을 마음껏 이용한다. 종이 사전은 결국 지면과의 싸움이기 때문에 단어를 정의할 때 최대한 군더더기 없고 간결하게, 딱 필요한 만큼의 낱말만 써서 완성해야 한다.

* 사사키 겐이치, 앞의 책, 69면.

그렇지만 온라인 사전은 그럴 필요가 없다. 그래서 Vocabulary.com은 매우 생생하고 구체적인 사례를 들어서 단어를 정의해준다. 이를테면 'humiliation'을 찾으면 이런 정의를 읽을 수 있다. "강력한 당혹감과 굴욕감-6학년 때 엄마가 친구들 앞에서 얼굴을 닦아주면서 '우리 귀염둥이'라고 불렀을 때 느끼는 감정처럼."

'coarse'를 찾으면 이렇게 나온다. "당신은 접시를 혀로 핥고 소매로 코를 닦는 등 대체로 얼간이처럼 행동합니까? 당연히 아니겠지요. 당신은 온라인 사전을 읽는 사람이니까요. 하지만 만에 하나 이런 행동을 한다면 'coarse'한 사람이 됩니다." 단어를 설명하면서 동시에 이 정의를 읽는 사람을 살짝 비행기 태워주는 기분 좋은 정의다.

'cat'을 찾으면 "종일 당신 키보드 근처에 드러누워 가르랑거리는 고양잇과의 네발 동물을 뭐라고 부르나요? 당신은 '플러피'라는 이름으로 부를 수도 있겠지만 'cat'이라고도 합니다. 만약 반려 고양이를 들이려거든 '야옹'거리는지 꼭 확인하세요. 사자, 호랑이, 재규어 등 고양이와 같은 과에 속하는 다른 동물들처럼 '으르렁'거리면 곤란합니다"와 같은 유용한 조언이 나온다. 이쯤 되면 이 정의 뒤에 있는 사람이 궁금해진다.

한국어사전 중에도 아주 재미있는 사전이 있다. 국립국어원에서 만든 온라인 사전 『한국어기초사전』은 한국어를 외국어로 공부하려는 사람을 위한 사전이라고 한다. 이 사전의 특히 재미있는 점은 예문이다. 이 사전은 예문으로 다른 문헌에서 가져온 인용례가 아니라 직접 작성한 작성례만 사용했다. 어떻게 알았냐면 예문에 꾸준히 등장하는 주인공이 있기 때문이다. 사전 중에는 예문에 고유명사를 아예 쓰지 않는 사전도 있는데, 희한하게도 이 사전에는 몇몇 인물의 이름이 반복해서 나온다. 지수, 승규, 유민, 민준이 주요 등장인물이다. 네 사람은 친구 사이인데 복잡한 사각관계를 형성하기도 한다. 적어도 지수-승규, 지수-민준, 유민-승규, 유민-민준 사이에는 로맨스가 있었다(다만 지수-유민과 승규-민준 사이에서는 그런 감정이 눈에 뜨이지 않았다). 이 예문들을 읽다 보면 어떤 소설이나 이야기의 일부를 읽는 듯한 기분이 들 때가 있다. 예문들을 어떻게 엮느냐에 따라 무수히 많은 멀티버스가 펼쳐진다.

그중에서 몇 가지를 골라 1960년대 스타일 신파 스토리를 한번 만들어봤다. 대괄호 안에 적은 어휘를 『한국어기초사전』에서 검색하면 '용례' 탭에서 다음 예문들을 볼 수 있다. 한 글자도 바꾸지 않고 그대로 옮겼다.

팔에 골절상을 입은 승규는 현재 깁스를 한 채 병원에 입원 중이다. [어휘: 깁스]

승규는 하얀 간호복을 입고 환자를 돌보는 지수의 모습에 반했다. [어휘: 간호복]

승규는 꼬깃꼬깃하게 접은 편지를 지수에게 수줍게 주었다. [어휘: 꼬깃꼬깃하다2]

지수는 한 송이 한 송이 정성 들여 꽃꽂이한 화병을 승규에게 선물했다. [어휘: 꽃꽂이하다]

지수와 승규는 뜨거운 키스를 나누며 서로의 사랑을 확인하였다. [어휘: 나누다]

그 두 사람이 사귀기 시작한 지 벌써 삼 년이 지났다. [어휘: 사귀다]

지수는 매번 주문하는 음식점의 쿠폰을 스무 개 모아서 공짜로 음식을 시켜 먹었다. [어휘: 쿠폰]

"지수는 참 공짜를 좋아하는 것 같아." [어휘: 공짜]

지수는 승규의 말을 듣고 왠지 모를 불쾌감이 꿈틀했다. [어휘: 꿈틀하다]

승규는 가시 있는 말을 잘해서 남에게 상처를 준다. [어휘: 가시1]

지수는 승규에게 모욕적인 말을 듣고 화가 나서 부득부득 이를 갈았다. [어휘: 갈다2]

승규가 집에 전화를 했는데 신호는 가지만 아무도 전화를 받지 않았다. [어휘: 가다1]

“내가 아까 지수에게 말을 너무 심하게 했나?” / “응. 네가 화가 나서 좀 감정적으로 대응한 것 같아.” [어휘: 감정적1]

“열흘이 가깝도록 지수한테 아무런 소식이 없어.” [어휘: 가깝다]

지수는 반지를 돌려주면서 남자친구와의 관계를 끝냈다. [어휘: 끝내다]

“승규야. 너 왜 울고 있어?” / “여자친구하고 헤어져서 가슴이 갈래갈래 찢어지는 거 같아.” [어휘: 갈래갈래]

세월이 흘러 그도 백발의 노인이 되어 있었다. [어휘: 백발]

승규의 마음 한 모퉁이에는 첫사랑에 대한 아픔이 남아 있다. [어휘: 모퉁이]
승규는 지수를 간절히 그리며 살았지만 그녀를 한 번도 만나지 못했다. [어휘: 그리다1]

그러던 어느 날의 일이었다. [어휘: 어느]
깜짝 놀랄 만한 소식을 들은 그는 망연한 표정을 감출 수가 없었다. [어휘: 망연하다]
"지수가 교통사고를 당했다면서?" / "응. 지금 생사의 기로에 있을 만큼 상황이 안 좋대." [어휘: 기로]

사고로 온몸이 마비된 지수는 침대에 누워 그저 눈만 깜빡거리고 있었다. [어휘: 깜빡거리다]
지수는 가물거리는 마지막 의식 속에서 승규의 모습이 보이는 것 같았다. [어휘: 가물거리다]

사전은 이렇게 재미있는 것이다.

사전을 유용하게 쓰는 또 다른 방법이 있다. 도서 암호(book cipher)의 키로 쓰는 것이다. 도서 암호는 책을 암호를 푸는 열쇠로 삼는 암호의 일종이다.

책을 하나 정하고, 상대에게 전달하고자 하는 단어나 알파벳을 책에서 찾아 그 위치를 부호로 전달한다. 암호를 받은 사람은 암호를 만든 사람과 같은 책의 같은 판본을 갖고 암호를 푼다.

아서 코난 도일의 『공포의 계곡』 첫 부분에 도서 암호를 푸는 방법이 자세히 나와 있다. 어느 날 베이커가 221B번지에 있는 셜록 홈스 앞으로 편지가 온다. 편지에는 "534 C2 13…" 이렇게 시작되는 암호문이 들어 있다. 홈스는 이 암호문을 『휘터커 연감』(한 해 동안 일어난 사건, 통계 등을 수록해 해마다 간행하는 백과사전 비슷한 정기간행물이다)을 이용해서 푼다. 첫 번째 숫자 534는 책의 쪽 번호, C2는 두 번째 단(column)을 가리키고 13은 열세 번째 단어라는 의미다.

도서 암호를 만들 때 가장 흔히 쓰는 책은 사전이다. 사전에는 웬만한 단어가 다 들어 있고 또 단어의 위치를 찾기가 쉬워서 암호문을 만들기가 편리하다. 대표적으로 영국, 스페인, 포르투갈이 나폴레옹에 대항해 일으킨 반도전쟁에서 암호 해독 작성 전문가 역할을 했던 조지 스코벨 장군이 웰링턴 공작에게 보낸 암호가 사전을 이용한 도서 암호였다. 그때 정확히 어떤 사전을 썼는지는 찾지 못했는데, 『옥스퍼드 영어사전』이 나오기 전까지 영국을 대표하는 사전이었던 새뮤얼 존슨의 『영어사전』이 아니었을까 싶다.* 다만 요새는 종이 사전을 갖고 있는 사람이 거의 없으니 도서 암호를 만들려고 해도 열쇠 책을 정하는 데 어려움이 있을 것 같다. BBC 드라마 시리즈 〈셜록〉 '눈먼 은행가' 편에도 도서 암호가 나오지만 여기에서는 열쇠 책이 『A-Z 런던 거리 지도』였다.

나도 지금 하고 싶은 말이지만 내 입으로 하기는 조금 그런 말을 도서 암호를 써서 여기에 남겨놓으려 한다.

"1209 C1 13 985 C2 7 1430 C2 13 1565 C2 5"

(힌트: 우리나라 최초의 말뭉치 한국어사전 초판을 열쇠 책으로 썼다.)

우리는 사전이 있으면 스크래블도 할 수 있고(「스크래블과 인터넷」 편 참고), 예문을 가지고 짧은 이야기도 만들 수 있고, 도서 암호를 만들어서 친구에게 보낼 수도 있다. 그리고 사전에는 한 가지 비밀

* 새뮤얼 존슨의 『영어사전』은 1755년 두 권으로 출간된 이래 수십 쇄를 거듭하며 웬만한 교양 있는 집이라면 한 질씩은 갖출 정도로 인기를 끌었다. 173년 뒤 『옥스퍼드 영어사전』이 나오기 전까지 영어사전의 대표 격이었다.

이 있는데, 사전의 '배'에 해당하는 부분을 비스듬히 기울어지게 펼친 다음 쓰다듬어보라. 꽃종이처럼 얇은 종이가 촘촘히 겹쳐진 사전 옆면을 만지면 마치 고양이 이마를 만질 때처럼 만족스러운 느낌이 든다. 살살 긁으면 가르랑거리는 소리도 난다. 나처럼 고양이가 없는 사람도 "종일 키보드 근처에 드러누워 가르랑거리는" 사전은 키울 수 있다. 내 고양이의 이름은 '웹스터'다.

아버지의 사전

어릴 때부터 우리 집에는 사전이 아주 많았다. 보통 크기의 탁상용 사전만 있는 게 아니라 참고도서관 사전대 위에 올라갈 법한, 콘크리트블록만 한 크기와 무게의 사전도 여럿 있었다. 『랜덤하우스 대사전』, 『축약판 옥스퍼드 영어사전』(전 2권), 『겐큐샤 신영일대사전』, 『고지엔 일본어사전』, 『우리말큰사전』(전 4권) 등이 책꽂이를 메우고 있던 기억이 난다. 그뿐 아니라 백과사전, 온갖 종류의 지도책, 스페인어사전, 프랑스어사전 등이 있었는데 어릴 때는 이 책들의 존재를 이해할 수가 없었다. 우리 집 형편으로 내가 읽고 싶은 재미있는 이야기책은 못 사는데 왜 읽지도 않고 읽을 수도 없는 무겁고 비싼 책은 이렇게 많나. 그 책들은 질량에 비해 인력(引力)이 터무니없이 작은, 자연법칙에 합치하지 않는 책이었다.

지금 나는 가장 크고 가장 훌륭하고 가장 완벽한 사전을 소유하고 싶었을 아버지의 마음을 생각해 보고 있다. 일제강점기에 강원도 횡성에서 태어난 아버지는 집안 형편 때문에 대학에 가지 못했지만 책을 많이 읽었고 영어 실력이 뛰어났다. 어릴 때 헌책방에서 『리더스 다이제스트』를 구해 읽으며 독학으로 영어를 익혔다고 들었다. 식민지 시대에 접한 서양 서적은 지금 여기가 아닌 것에 대한 동경을 충족시켜

주었을 것이고 인문 교양에 대한 욕구를 활활 부추겼으리라.

아버지가 돌아가신 뒤에 작은아버지에게 들은 이야기다. 아버지가 소중히 여기던 영어 성경책이 있었는데 공습 때 불이 붙어 일부가 불타버리고 말았단다. 아버지는 타버린 책장에 얇은 종이를 한 장 한 장씩 이어 붙이고 소실된 글자들을 손으로 다시 써넣었다. 그 책을 어떤 미군이 우연히 보고는 아버지가 영어를 배울 수 있게 미국인 집에 일자리를 구해주었다고 한다.

아버지는 영어를 잘했기 때문에 서울에서 일자리를 구할 수 있었다. 출판사, 교원단체, 주한외국공관 등 많이 배운 사람들이 주로 다니는 직장을 다녔다. 외국인 직장 상사를 따라 재경(在京) 옥스브리지 동문회에 꼬박꼬박 가야 하기도 했다던데 얼마나 고역이었을까 싶다. 아마 아버지는 그런 사교적인 자리에서 대학 이야기가 나오면 얼버무리며 대학을 나온 것처럼 행동했을 것이다.

아버지가 어떤 종류의 지식욕과 콤플렉스에 시달렸을지 상상할 수 있다. 두꺼운 사전과 전집, 백과사전, 연감이 가득한 아버지의 서가가 아버지의 지식욕과 결핍감을 그대로 보여주고 있었으니까. 조너선

스위프트는 참고 서적을 '학문의 전당'에 들어가는 '뒷문'이라고 불렀다. "그 웅대한 관문을 거쳐 학문의 전당으로 들어가려면 시간과 격식이라는 비용을 치러야 해서, 시간이 없거나 형식을 따지지 않는 사람들은 뒷문으로 들어가는 것에도 만족해한다."*

아버지는 이런 뒷문을 많이 모으기도 했지만 실제로 책을 엄청나게 읽기도 했다. 특히 아버지 베개 맡에 책 두어 권이 늘 같이 놓여 있는 게 나한테는 가장 신기한 일이었다.

"아빠, 저거 세 권 다 읽는 거야?"

아버지는 웃으면서 맞다고, 이거 읽다가 저거 읽다가 한다고 했다. 이해가 안 됐다. 책을 두 권 이상 동시에 읽을 수가 있나? 책은 처음부터 끝까지 읽고 다음 권으로 넘어가는 거 아닌가? (정말 이상한 일은, 지금 내 침대 옆에 책이 네 권 있다는 사실이다. 최승자 에세이는 재미있는 책을 읽고 싶을 때 읽는다. 보르헤스 에세이는 조금 생각하고 싶을 때 읽는다. 오비디우스의 『변신 이야기』는 수시로 들춰본다. 밤에 방 불을 끈 다음에는 전자책 단말기로 탐정소설을 읽는다.

* 피터 버크, 『지식의 사회사 1』, 박광식 옮김, 민음사, 2017, 271면에서 재인용.

어릴 때는 도저히 이해가 안 되는 일이었는데 언젠가부터 그렇게 읽는 게 당연하게 됐다.)

뒷문과 발췌독 덕인지 몰라도 어린 내가 보기에 아버지는 세상에서 모르는 게 없는 사람이었다. 문학, 철학, 종교, 역사, 미술, 음악 등 인문 교양에 해당하는 모든 분야에 걸쳐 책에서 모은 다양한 지식이 있었다. 그 지식이 어쩌면 TV 퀴즈 프로그램에 문제로 나오기에 적당한 정도의, 상식과 지식의 경계에 있는 것이었을 수도 있지만, 나에게는 대단하게 보였다.

내가 대학에 들어가고, 또 대학원에 가고, 아버지의 지식이 내가 생각한 것처럼 대단한 것은 아닐지 모른다는 의심이 생기기 시작할 즈음, 학문이라는 게 얼마나 방대하고 지독한 것인지, 한 개인이 평생 얻을 수 있는 지식이란 얼마나 보잘것없는지, 『현대 문학이론 백과사전』으로 문학이론에 통달하겠다는 생각이 얼마나 말이 안 되는 것인지 뼈저리게 깨달을 즈음, 아버지가 뇌경색을 일으켰다. 아침에 학교에 갈 준비를 하다가 안방을 들여다보았는데 아버지가 멍한 표정으로 앉아 있었다. 왜 출근 안 하시냐고 물었더니 머리가 아프다고 했다. 나는 학교에 늦을까 봐 서둘러 나갔다.

아버지는 어찌어찌 양복을 챙겨 입고 넥타이까지 매고 출근을 한 모양이었다. 그런데 목적지까지 가지는 못했다. 회사에도 가지 않았고 휴대전화로도 연락이 되지 않았다. 저녁때 겨우 아버지를 찾았는데, 셔츠 단추와 바지 지퍼가 제대로 채워져 있지 않고 넥타이도 이상한 모양으로 묶여 있었다. 말소리가 입에서 새듯이 흘러나왔고 또렷이 말을 하지 못했다.

엄마가 아버지를 밤낮으로 극진히 돌봤고 몇 달 뒤에는 아버지가 다시 말을 할 수 있게 되었다. 그러나 우리는 어떤 부분이 이미 아버지를 떠났다는 것, 그리고 그때도 계속 떠나고 있다는 걸 알았다.

논리와 기억과 언어를 잃어가던 아버지는 정말 엉뚱하게도 그리스어 공부를 시작했다. 아버지는 독실한 기독교도였는데, 사도들의 복음을 처음 언어로 기록할 때 쓰인 언어인 코이네 그리스어를 배워서 최초의 언어로, 번역으로 훼손되지 않은 상태 그대로 성경을 읽고 싶다고 했다. 원래의 의미, 태초의 의미를 찾고 싶다고 했다. 아버지는 기묘하게 생긴 그리스어 알파벳을 노트에 옮겨 적고 날마다 외웠다. 언어를 잃어버리는 병에 걸린 아버지는 날마다 단어를, 생각을 놓치고 있으면서 새로운 언어를 배우려고 했다.

아버지는 아마존 온라인 서점에서 그리스어사

전, 그리스어 성경 해설서, 종교 관련 서적 등을 구입하고 싶어 했다. 컴퓨터에 익숙하지 않은 아버지 대신 내가 그 책들을 주문했다. 이상하게도 그 과정은 리추얼처럼 반복적으로 진행됐다. 내가 부모님 집에 가면 아버지가 사고 싶은 책이 있는데 주문해줄 수 있겠냐고 하면서 책 서너 권의 제목이 적힌 메모지를 나에게 주었다. 그러면 나는 컴퓨터를 켜고 아마존에 접속했다. 아버지는 컴퓨터 책상 옆에 서서 내가 책을 검색해 장바구니에 담는 과정을 감탄하며 지켜봤다. 배송료가 더해진 최종 주문 금액이 나오면 아버지에게 불러드렸다. 그러면 아버지는 조금 생각해보는 척하다가 "그 정도면 괜찮아"라고 했다. 그러면 나는 주문 버튼을 눌렀고, 아버지는 무척 기뻐하면서, 잘했다, 잘했다, 하면서 내가 한 일에 비해 과도하게 칭찬을 해주었고 그렇게 우리 두 사람의 리추얼은 끝이 났다.

그러던 어느 날, 그렇게 아버지가 시키는 대로 구입한 책이 지난번 리추얼 때 구입해 이미 책꽂이에 꽂혀 있는 책이라는 걸 깨달았다. 아버지는 같은 책을 계속 주문하고 계셨던 것이다.

몇 년 뒤에 아버지에게 두 번째 뇌경색이 일어났다. 이번에는 문자 해독력을 완전히 잃고 말았다.

"그렇게 평생 책만 보던 양반이, 책을 못 보게 됐다는 게 너무 불쌍해서…."

엄마의 말꼬리가 울음에 뭉개졌다. 나는 감정이 다가오는 게 두려워 일부러 냉정하게 대꾸했다.

"그깟 책 좀 안 보면 어때. 평생 책 한 권 안 읽는 사람도 많은데."

아버지는 책을 통해서 궁극적 의미에, 신의 목소리에 다가갈 수 있다고 믿는 분이었다. 나는 책을 종교처럼 믿을 수는 없다고, 책이 나를 구원할 수는 없다고 생각했다. 코이네 그리스어를 아무리 익혀 보았자 신의 뜻을 알 수 있으리라고는 생각할 수 없었다.

건강할 때 아버지는 『코스모스』의 칼 세이건의 팬이었다. 『코스모스』를 가끔 읽어주시기도 했다. 아버지는 우주의 신비에 대해 이야기하면서 우주의 헤아릴 수 없는 광대함에 경탄하며 목소리를 높이다가, 이내 이 우주를 창조한 신의 위대함으로 이야기를 이어갔다.

아버지 그건 지적설계론이잖아요, 이런 말이 목구멍까지 치밀어 올랐지만 밖으로 꺼내는 않았다. 아버지는 그게 왜 어때서, 라고 했겠지. 내가 지적설계론이 과학으로 취급받지 못하는, 과학인 척하는 창조론이라고 설명한다면, 아버지가 좋아하는 칼 세이건은 그런 이론에는 코웃음을 쳤을 거라고 말한다면, 아무것도 모르면서 조금 배웠다고 잘난 척하는 꼴이었겠지.

책이 궁극적 진리를 담고 있다고 생각하는 아버지에게 책은 어떤 의미를 띤 물건일까. 그걸 읽지 못하게 된다는 건 어떤 것일까. 나는 상상하기가 힘들었다.

2019년 여름에 아버지가 돌아가시고 얼마 안 되었을 때 출판사에서 번역 의뢰가 왔다. 책의 저자는 칼 세이건의 딸 사샤 세이건이었다. 하필 이때 이 책을 만난 게 신기한 우연처럼 느껴졌다. 사샤 세이건이 어릴 적에 아버지가 자신을 지식의 세계로 인도해 주었다고 말하는 대목을 읽으면서 나는 아버지 생각을 하지 않을 수가 없었다.

"많은 사람이 경전을 읽으면서 깨달음을 얻고 머릿속에 떠오르는 수많은 의문에 대한 답을 구한다. 우리에게는 백과사전, 지도책, 사전이 그런 역할을 했다." 사샤 세이건은 아버지와 같이 참고 서적을 읽으며 세상과 우주를 배워나가고 자신감과 용기를 키웠던 어린 시절 이야기를 한다. "백과사전 항목 하나를 읽을 때마다 퍼즐 조각 하나를 제자리에 끼워 넣는 기분이었다. 그렇지만 자라면서 이 퍼즐에는 가장자리도 테두리도 없다는 사실을 깨달았다. […] 새 조각을 얻을 때마다 부족한 조각이 얼마나 많은지를 알게 될 따름이었다. 전체 그림을 완성하는 날은 오지 않으리라는 걸 알았다."*

당연하지만, 지식에 이르는 지름길이나 뒷문 같은 것은 존재하지 않는다. 사전 하나를 통째로 외워 보아야 대양의 가장자리에서 물장구만 치는 꼴일 뿐 퍼즐은 영원히 완성되지 않는다. 그럼에도 우리는 이런 착각에 매달린다. 이 책을 읽으면 이 분야에 대해 잘 알게 될 거야, 이 책을 제대로 읽어내면 세상의 비밀을 알게 될 거야. 그런 믿음이 없으면 우주에서 길을 잃을 수밖에 없기 때문이다. 움베르토 에코는 "본질적으로 그것을 정의할 수 없기 때문에, 그것에 관해 말하기 위해서, 그것을 이해할 수 있게끔 또는 어떻게든 인지할 수 있게끔 하기 위해서 우리는 그것의 속성들을 목록으로 만든다"**라고 했다. 그 목록들이 혼란스럽고 위압적인 세상에서 일단 첫발을 디디게

* 사샤 세이건, 『우리, 이토록 작은 존재들을 위하여』, 홍한별 옮김, 문학동네, 2021, 100~101면.

** 움베르토 에코, 『궁극의 리스트』, 오숙은 옮김, 열린책들, 2010, 15면.

해줄 무게추가 된다.

아버지가 돌아가신 뒤, 아버지가 모은 트럭 한 대 분량의 책은 작은아버지가 관장으로 계셨던 작은 도서관에 보냈다. 몇 권은 내가 가지고 왔다. 사전, 지도책 등 두껍고 비싼 책들 몇 권(어릴 때 내가 보면서 쓸데없이 자리만 많이 차지한다고 생각했던 책들)과, 칼 세이건의 『코스모스』 문고판이 우리 집으로 왔다. 광대한 우주를 우리는 인지할 수도 없고 이해할 수도 없지만, 우리에게는 사전, 백과사전, 작은 진리의 조각들을 담고 있는 책들이 있다. 그 책들이 알 수 없는 세상을 어떻게든 이해하고 인지할 수 있게 해준다. 아득한 우주에서 우리가 무한히 멀어지며 한없이 헤매지 않을 수 있게 해주는 닻이 되어준다. 그 책들이 무한한 우주로 떠난 아버지의 기억을 우리 집 한구석에 붙잡아놓을 수 있게 해준다.

a부터 zyxt까지

내가 어릴 때 아버지는 직장에 다니면서 주말에는 아르바이트로 번역도 하고 영어사전 편집을 하기도 했다. 아버지가 그전에 동아출판사 사전 팀에서 일한 적이 있어서 아마 그 인연으로 영어사전을 만드는 데 일부 손을 보탠 게 아닌가 싶다. 그때는 내가 영어 까막눈이었으니 아버지가 정확히 무슨 일을 했는지는 모르겠다. 내 기억에는 깨알같이 작은 글씨가 빼곡히 인쇄된 교정지에 볼펜으로 무어라 잔뜩 표시되어 있던 것과 두꺼운 영일사전이 옆에 펼쳐져 있던 장면이 남아 있다. 아버지가 단어를 고르거나 정의를 작성하는 등의 중요한 일을 한 것은 아니고 교정 작업을 일부 나누어 맡았던 것 같다. 아버지가 만들던 사전은 아마도 탁상용 사전이었을 것이고, 대체로 이전에 나온 영한사전이나 영일사전을 이용해서(적당히 베끼면서) 만들었을 것이다.

기댈 수 있는 선행 작업이 있다 하더라도 사전 한 권 만드는 일은 최소 수년이 걸리는 엄청난 프로젝트이다. 무수한 항목과 촘촘한 글자와 빼곡한 정보를 가득 담은 얇디얇은 종이를 다닥다닥 붙여 두툼한 사전 한 권을 완성하기까지 얼마나 많은 사람의 치밀한 노력이 들어갈까. 집필 과정은 말할 것도 없고 교정 작업만 생각해봐도 아찔해진다. 오래전에 그만둔 직원한테까지 연락해 교정 일을 맡길 정도로 품이 많이 드는 일이었을 것이다. 컴퓨터 편집 이전 시대니 종이에 프린트한 하드카피만을 이용해서 교정 작업을 할 때다. 그 작은 활자들을 조판하고 수차례 교정 작업(사전은 보통 다섯 번에서 열 번까지 교정을 본다고 한다)을 거쳐 만든 활판 수천 장이 어딘가에 있었겠지. 오늘날의 시공간감으로는 상상하기 어려운 일이다.

사전은 엄밀하고 객관적이어야 하지만, 한편 구체성이 없으면 아무 쓸모가 없다. 사전은 마치 경전처럼 권위적으로 지시하지만, 사전이 담으려 하는 언어는 한시도 고정되지 않고 계속 변하면서 사전의 권위를 무너뜨린다. 사전 편찬의 두 원리인 규범주의와 기술주의는 지속적으로 모순을 일으킨다.* 영문학사에서 가장 중대한 사전을 펴낸 인물인 새뮤얼 존슨은 "살아 있는 언어에 관한 사전이란 결코 완벽할 수 없는 것이, 출간을 서두르는 중에도 어떤 단어들은 싹

* 언어 연구에서 규범주의는 간단히 말해 언어가 어떠어떠해야 한다고 정해 언중이 그것을 따르게끔 이끄는 방식이라면, 기술주의는 언어의 사용에 옳고 그름이 있다고 보지 않고 언중이 사용하는 언어 현상을 기록하고 분석하는 접근법이다.

을 틔우고 어떤 단어는 시들어버리기 때문이다"*라고 말했다. 메리엄 웹스터의 사전 편찬자 코리 스탬퍼는 사전 집필을 "해당 단어가 글에서 사용되는 대다수 용례를 아우를 만큼 넓은 동시에 실제로 이 단어에 대해 구체적인 무언가를 이야기해줄 만큼 좁은 두 줄짜리 정의에 담아내야"** 하는 모순적인 일이라고 표현했다. 사전 편찬은 결코 완성되지 못하고 인간의 노력을 끝없이 요구하는 바벨탑과 같은 작업이다. 그럼에도 사람들은 이 일에 열정을, 삶을 바친다.

아버지는 이전에 동아출판사 직원이었던 덕에 1984년 『동아원색세계대백과사전』(전 30권) 완간을 축하하는 행사에도 초대받았다. 그 자리에서 백과사전 할인권을 주는 추첨 행사를 했는데 아버지가 당첨되어서 무척 기뻐하시던 게 기억난다(얼마나 할인을 해주었는지는 모르겠는데 아마 당첨이 안 되었어도 사셨을 것 같다). 이 백과사전을 꽂기 위해 집에 책장을 새로 놓아야 했다. 엄청난 책이긴 했다(콘크리트블록

* 빌 브라이슨, 『빌 브라이슨 언어의 탄생』, 박중서 옮김, 유영, 2021, 260면에서 재인용.

** 코리 스탬퍼, 『매일, 단어를 만들고 있습니다』, 36면.

서른 개). 동아출판사 김상문 창업주가 영국의 『브리태니커 백과사전』처럼 나라를 대표할 만한 백과사전이 있어야 한다는 신념을 품고 『동아전과』 등으로 벌어들인 돈을 끌어모아 만든 백과사전이었다. 이 백과사전 발간에 들어간 비용 때문에 알짜배기 회사였던 동아출판사의 사세가 기울 정도였다니 얼마나 대단한 프로젝트였는지 짐작이 간다. 동아출판사는 이듬해인 1985년 두산그룹에 인수되었다. 김상문 창업주는 별세하기 전에 "내가 죽으면 관 속에 『동아전과』와 『세계대백과사전』을 넣어달라"는 말을 유언으로 남겼다고 한다.* 그놈의 백과사전 때문에 애써 일군 알토란 같은 회사를 대기업에 빼앗겼으면서도.

불가능한 일인데도 사람들은 사전을 만드는 일에 가늠하기 어려울 정도의 노력과 열정을 바친다. 이 한 권에(혹은 열 권, 서른 권에), 하나의 체계에 세상을 전부 담아 인간존재를 말끔하게 정의하고자 하는 계몽주의적 충동은 보편적인 것이 아닐까? 보통 사람들은 그걸 이루어낼 용기와 시간과 능력이 부족해서 시도하지 못할 뿐이다. 이 세상에 존재하는 모

* 「김상문 동아출판사 창업주 별세」, 『중앙일보』, 2011년 3월 7일 자.

든 단어를 한곳에 모으고 싶다는 열망도 당연하다. 인간이 사용하는 언어를 전부 모아 체계화할 수 있다면, 인간 정신의 핵심을 추려낼 수 있을지 모른다. 'a'부터 'zyxt'(켄트 방언에서 '보다'의 2인칭 과거형으로 『옥스퍼드 영어사전』의 마지막 단어다)까지, 생각만 해도 짜릿한 희열이 느껴지지 않나? 『옥스퍼드 영어사전(The Oxford English Dictionary, OED)』(1928)은 그렇게 시작되었다.

전 10권으로 완성되는 데 무려 70년이 걸린 『옥스퍼드 영어사전』은 "영어의 모든 단어를 망라한 사전을 만든다"는 목표로 기획되었다. 총 15,490쪽에 41만 4,800개의 표제어를 실어 분량에서 타의 추종을 불허한다(새뮤얼 존슨의 『영어사전』(1755)은 표제어가 4만여 개, 노아 웹스터의 『미국 영어사전』(1828)은 약 7만 개였다).

무엇보다도 놀라운 것은, 이전에 사전을 만들 때처럼 단어를 선별한 다음 정의를 적는 방식을 택하지 않고, 세상에 존재하는 온갖 문헌에서 예문을 취합한 다음 단어의 여러 쓰임을 구분하고 그에 따라 정의를 도출하는 방식으로 집필했다는 것이다. 새뮤얼 존슨과 노아 웹스터의 사전이 규범주의에 가까웠다면, 『옥스퍼드 영어사전』은 기술주의에 가깝다. 하향식(탑다운)이 아니라 상향식(바텀업)으로, 아마도 세계 최초로 크라우드소싱을 이용해서 사전을 만들었다. 수천 명의 자원봉사자들이 보낸 5백만 개의 예문 가운데 186만 1,200개의 예문을 추려서 사전에 실었다. 그 예문들을 시대에 따라 단어의 쓰임이 어떻게 달라졌는지를 보여주는 역사적 증거로 삼아 단어의 일대기를 구성했다.

『옥스퍼드 영어사전』 편찬 작업은 초대 편집장인 허버트 콜리지가 신문광고를 내면서 시작되었다. 신문 독자들에게 1250년부터 현재까지의 문헌을 훑어 특정 단어의 쓰임을 잘 드러내는 예문을 찾아서 보내달라고 광고를 낸 것이다. 그러나 이렇게 모은 무수한 예문은 콜리지가 급작스럽게 사망하면서 제대로 관리되지 않고 사방에 흩어졌다. 3대 편집장이 된 제임스 머리가 예문을 정리하려고 했을 때의 상황은 엉망진창이었다. 일부 예문 뭉치는 썩어버리고, 어떤 것은 쥐둥우리가 되고, 어디로 갔는지 행방이 묘연한 것도 있고, 일부는 불쏘시개로 쓰여 이미 한 줌의 재가 되어버렸다.* 예문이 적힌 종이가 수백만 장이었

* 사이먼 윈체스터, 『영어의 탄생』, 이종인 옮김, 책과함께, 2005, 156~158면 참조.

으니 보관하기만 하는 것도 엄청난 일이었을 것이다.

사전 편찬 작업은 박학다식을 요구하는 고도로 지적인 노동이기도 하지만 엄청난 양의 자료를 물리적으로 다루는 일이기도 했다. 전국 각지의 자원봉사자들이 각양각색의 종이에 손으로 적어 우편으로 보낸 예문을 모으고, 보관하고, 정리하고, 같은 의미로 쓰인 것끼리 분류하고, 서로 다른 뜻을 구분한다. 시간 순서대로 배열된 예문을 가지고 각 의미가 처음으로 쓰인 시기를 추적해 단어의 의미가 변화해온 역사적 과정을 그려낸다. 물론 단어를 정의하는 작업도 해야 한다. 『옥스퍼드 영어사전』에 실린 단어 가운데 사전에 처음 수록된 단어가 수십만 개이니, 수십 만 단어의 뜻을 세상에서 처음으로 밝히고 정했다는 말이다. 그게 어떤 일이었을지 상상해보자.

사전의 정의는 빈틈이 없으면서 동시에 군더더기 없이 간결해야 한다. 말을 가지고 말을 잡는 작업이다. 세계 최초로 '물'이나 '여자'라는 단어의 뜻을 정의하는 일이 나에게 주어졌다고 생각해보자. 사전을 보지 않고 정의해본 다음 이 책 141쪽에 있는 정의와 비교해보아도 재미있을 것이다. 아니면 '같다'라는 단어를 정의해보자. 부정어를 쓰지 않고 할 수 있을까? 『표준국어대사전』에는 '같다'가 "서로 다르지 않고 하나이다"라고 정의되어 있다. 그런데 이 사전에서 '다르다'를 찾아보면 "비교가 되는 두 대상이 서로 같지 아니하다"라고 나온다. 순환논법이나 동어반복을 피하며 단어를 단어로 설명하기란 때로 불가능하게 느껴진다.

이런 과정을 거쳐 작성한 정의와 예문을 손으로 적어 넣은 단어 카드를 식자공에게 넘겨 조판한 다음 교정하고, 다시 조판하고 재교정하고… 이 과정을 무수히 반복하며 실수가 용납되지 않는, 무려 15,490쪽짜리 사전을 완성한 것이다.

오늘날 우리로서는 상상하기도 힘들다. 손으로 글씨를 쓰는 것도 좀처럼 생각하기 어려운 일인 데다가 'ctrl+F'를 눌러서 원하는 정보의 위치를 찾을 수도 없고 파일상에서 텍스트의 위치를 바꾸거나 편집할 수도 없는 자료를 다룬다니 생각만 해도 답답해서 미칠 것 같다. 그러나 이토록 불가능해 보이는 일을 개미가 탑을 쌓는 속도로 결국은 해냈다. 사람의 한 평생에 맞먹는 70년의 세월 만에 사전계의 끝판왕인 『옥스퍼드 영어사전』이 마침내 완성된 것이다. 대단한 사명감이 없으면 해낼 수 없는 일이다. 헤라클레스의 노역에 비견할 만한 과업이다.

『매일, 단어를 만들고 있습니다』에 나오는 에피

소드인데, 저자가 사전 편찬자들 모임에서 『메리엄 웹스터 대학 사전』 11판 개정 작업을 위해 'take'를 손보는 데 한 달가량 걸렸다고 말하자, 『옥스퍼드 영어사전』 2판을 편집한 사람이 자기는 'run'을 수정하는 데 아홉 달이 걸렸다고 대꾸하는 장면이 있다. 그 사람이 놀라울 정도로 게으른 직원이라 그런 게 아니다. 『옥스퍼드 영어사전』에는 'run'이 6백 개 이상의 개별 의미로 쪼개져 있으니 충분히 그럴 만하다. 'run'을 6백 개 이상의 의미로 쪼개 정의하는 게 대체 무슨 소용이냐는 의문을 가질 수 있는데, 『옥스퍼드 영어사전』의 이런 세세함이 머나먼 여기 한국에 사는 번역가를 미궁에서 구해준 적이 한두 번이 아니다. 다른 어디에서도 얻을 수 없는 정보가 『옥스퍼드 영어사전』에는 있기 때문이다.

『옥스퍼드 영어사전』이 다른 사전과 다른 점은 통시적 사전이라는 것이다. 우리가 쓰는 사전은 거의 다 공시적이라서, 어떤 단어를 찾으면 현재 가장 많이 쓰이는 뜻부터 나온다. 그런데 『옥스퍼드 영어사전』은 기본 의미, 곧 그 단어가 처음 쓰였을 때의 의미에서 시작해서 거기에서 파생된 의미를 시간 순서대로 열거한다. 예를 들어 공시적 사전에서 'nice'를 찾으면 여러 좋은 뜻이 많이 나온다.* 그렇지만 『옥스퍼드 영어사전』 2판에서 찾으면 가장 먼저 나오는 용례가 1290년경의 예문인데 이때의 뜻은 '어리석은'이었다(당시엔 'nice'와 'foolish'가 동의어였다). 『옥스퍼드 영어사전』에 나오는 'nice'의 뜻을 차례로 열거하면 1.어리석은 2.악의적인 3.이상한 4.나태한 5.수줍어하는 6.주저하는 7.까다로운… 이런 순으로 이어진다. 우리가 아는 좋은 뜻이 나오려면 15번까지 가야 한다. '까다로운'에서 '섬세한'으로 이어지고 거기에서 '좋다'는 뜻이 파생된 것이 18세기 후반이니 5백 년 가까이 'nice'라고 하면 칭찬이 아니었던 것이다(만약 타임머신을 타고 영국의 과거로 시간여행을 하려는 사람이 있다면 아무리 그 여행이 기분 좋더라도 "나이스!"를 남발하지 않을 것을 권한다).

『옥스퍼드 영어사전』은 시간여행을 할 때도 유용하지만 내가 번역을 하면서 막다른 골목에 부딪혔을 때도 수없이 도움을 줬다. 한번은 역사서를 번역하는데 19세기에 쓰인 한 문장에서 막혀버렸다. "Princess Mary thought it banting to eat biscuits

* nice: 1.즐거운, 유쾌한, 기분 좋은, 매력 있는, 귀여운, 멋진 2.인정 많은, 다정한, 친절한… (『금성그랜드 영한사전』)

as well as bread." (체중을 줄이고 싶은) 메리 공주가 빵도 먹고 비스킷도 먹는 걸 'banting'이라고 생각했다는 건데, 여기서 'banting'이 뭔지 알 수가 없었다. 다른 어떤 사전이나 인터넷을 뒤져도 안 나와서 난감했는데 『옥스퍼드 영어사전』에서 답을 찾았다. 『옥스퍼드 영어사전』에 따르면 'Banting'은 런던의 수납장 제작자의 이름으로 이 사람이 지방, 녹말, 설탕을 절제하는 다이어트 방법을 제시했고 1864년에 이 방법이 매우 유행했다고 한다. 『옥스퍼드 영어사전』에는 이 단어와 관련해 1864년부터 1883년까지 매우 짧은 기간의 용례만이 수록되어 있다. 그러니까 한 20년 정도 반짝 쓰이고 사라진 유행어인 셈이다.* 『옥스퍼드 영어사전』이 기록하지 않았다면 그냥 역사 속으로 쉽게 잊혔을 단어다.

『옥스퍼드 영어사전』의 통시적 기술이 오직 번역가에게만 쓸모 있을 법한 정보를 제공할 때도 있다. 한번은 19세기 소설을 번역하는데 'cab'이라는 단어가 나왔다. 'cab'이 처음 등장했을 때는 오늘날

* 재미있게도 'Banting'이 사람 이름인데도 동명사형으로 취급하여 'to bant(다이어트하다)'라는 동사로 쓰기도 했다.

의 택시 역할을 하는 마차였다. 그러다가 자동차가 등장하면서 말이 아니라 모터로 움직이는 운송수단도 'cab'이라고 불렀다. 영어에서는 'cab'으로 두 가지를 다 가리키지만 우리말로 옮기면 '마차'와 '택시'로 나뉘기 때문에 번역가는 본문에서 말하는 'cab'이 말이 끄는 것인지 모터로 작동하는 것인지 알아내야 한다. 어떻게 알아낼 것인가? 『옥스퍼드 영어사전』에 1899년 『웨스트민스터 가제트』에 실린 기사가 예문으로 수록돼 있다. "말이 없는 캡(The cab-without-a-horse)." 짧은 예문이지만 새로운 현상에 대한 놀라움이 담겨 있다. 그러니 1899년을 기준으로 그 이전을 배경으로 한 글이면 '승합마차'라고 하면 되고 그 이후부터는 '택시'일 가능성이 높아진다.

이렇듯 예문이 방대하고 뜻풀이가 세세하다는 것은 『옥스퍼드 영어사전』의 가장 훌륭한 점이자 가장 큰 단점이기도 하다. 일단 이 사전은 크기가 너무 커서 실용성이 없다. 옥스퍼드 출판사는 이런 단점을 보완하기 위해 1971년 『컴팩트 사전』을 출간했다. 『옥스퍼드 영어사전』 아홉 페이지 분량의 활자를 한 페이지에 욱여넣어 전체 열 권을 두 권짜리로 만든, 그러니까 물리적으로 압축한 사전이다. 사전에 돋보기를 끼워 세트로 판매했다고 한다.

『옥스퍼드 영어사전』 2판은 1989년에 총 21,730쪽 스무 권으로 나왔는데 이게 마지막 종이판이다. 스무 권짜리 종이 사전은 갖고 있더라도 꽂을 데가 마땅치 않을 것이고 꽂을 데가 있다고 하더라도 무거워서 꺼내 보지 않을 것이다. 단어 하나를 찾을 때마다 책을 꺼내고 단어를 찾고 다시 꽂고 하는 데 드는 수고와 시간은 말할 것도 없으니 실제로 사용하기에는 너무 버거운 물건이다. 다행히 2판은 시디롬으로도 나왔다. 시디롬 버전은 크기가 645MB이니 짧은 동영상 파일 한 개보다도 더 작다. 이 디지털 사전은 물리적 크기뿐만 아니라 검색하는 데 드는 수고와 시간까지도 획기적으로 압축했다. 『옥스퍼드 영어사전』이 2000년부터는 시대 변화에 맞춰 온라인 서비스를 시작해서 현재는 다달이 구독료를 내고 이용할 수 있다. 구독료가 한 달에 만 원이 좀 넘는데 가난한 번역가가 꼬박꼬박 부담하기에는 조금 큰 돈이라 역사책이나 고전소설을 번역할 때만 구독해서 이용한다.

아무튼 『옥스퍼드 영어사전』이 있다는 것은 정말 든든한 일이다. 우리나라에도 이런 한국어사전이 있으면 얼마나 좋을까. 아마 어딘가에서 누군가는 애쓰고 있겠지만, 한두 사람의 노력으로 짧은 세월 안에 이루어질 수 있는 일이 아니니 쉽게 결과를 바라면 안 될 것 같다.

그래서 나는 사전만큼이나 사전을 만드는 사람들의 이야기를 좋아한다. 그들이 불가능한 완벽을 추구하기 때문에 좋다. 대체 그게 무슨 소용인지 갸우뚱할 만큼 사소한 것에 강박적으로 매달린다는 사실이 좋다. 한 예로 『옥스퍼드 영어사전』을 37년 동안 편집한 존 심프슨이 쓴 『단어 탐정』에는 심프슨이 'pal'이라는 단어의 용례를 추적한 이야기가 나온다.* 'pal'을 현대에는 '펜팔(pen pal)'에서처럼 '친구'라는 뜻으로 쓰지만, 이 단어가 처음 쓰인 17세기에는 '범죄의 공범'이라는 뜻으로 쓰였다고 한다. 『옥스퍼드 영어사전』 2판에 맨 처음으로 나오는 'pal'의 용례는 헤리퍼드 교구 기록부 증언록에서 가져온 문장이다.

Wheare have you been all this day, pall? ⋯ Why, pall, what would you have mee to doe?'
(종일 어디에 있었소, pall? ⋯ 아니, pall, 내가

* 존 심프슨, 『단어 탐정』, 정지현 옮김, 지식너머, 2018, 365~366면 참조.

어떻게 하면 좋겠소?)

『옥스퍼드 영어사전』은 용례를 시대순으로 제시하기 때문에, 이 문장이 'pal'(또는 'pall')의 첫 용례라는 것은 사전 편집부에서 수집한 예문 가운데 시간적으로 가장 앞선다는 뜻이다. 이 단어가 처음 쓰인 시점을 나타내는 것일 수 있으므로 매우 중요한 예문이다. 그런데 심프슨은 이 대화가 범죄를 공모한 사람들 사이의 대화 같지 않다고 느꼈다. 그래서 직접 차를 몰고 헤리퍼드 지역 기록보관소로 가서 보물찾기를 하듯 먼지투성이 원본 문서를 찾아냈다. 그 결과 문제의 증언록은 메리 애시무어라는 여자가 아는 남자와 문란한 관계를 맺었다는 죄목으로 고발된 사건에 관한 기록이고, 이 예문은 상대 남성이 메리에게 한 말에서 가져왔음을 알게 되었다. 그러니 이 문장에서 'pall'은 공범을 뜻할 수는 없는 것이다. 심프슨은 'pall'이 ('Polly'처럼) 'Mary'의 애칭 가운데 하나라고 결론 내렸다. 따라서 이 예문은 개정판에서는 빠져야 했다.

심프슨이 문제의 예문이 범행을 공모한 사람끼리의 대화라고 하기에는 어감이 미묘하게 맞지 않는다고 느꼈고 그래서 전판 편찬자가 해당 단어 뜻을 잘

못 파악한 게 아닐까 의심했다는 이야기를 읽다 보니 사전 편찬도 번역과 비슷한 일이라는 생각이 들었다. 어떤 단어를 번역할 때도 단어의 수십 가지 뜻('run'의 경우에는 6백 가지) 가운데에서 그 자리에 가장 잘 어울리는 뜻을 찾아야 한다. 뭔가 조금이라도 어울리지 않는 느낌이 든다면, 제 뜻을 찾지 못한 것이다. 나도 얼마 전에 내가 번역한 책을 증쇄한다고 해서 오자가 없는지 다시 죽 읽어보다가 어이없는 실수를 발견한 일이 있다. 소설 속 어떤 인물의 성격을 '예민하다'고 묘사한 대목이 있었다. 내가 파악한 그 인물의 성격은 예민하다기보다는 무딘 쪽에 가까워서, 그 단어가 딱 거슬렸다. 원문을 다시 찾아보니 "…he is a man of nerves…"라고 되어 있었다. 'nerve'에서 '신경'이라는 뜻을 가장 먼저 떠올리고 기계적으로 '예민하다'고 번역해놓은 것이다. 그렇지만 'nerve'에는 '담대함'이라는 뜻도 있다('lose one's nerve'가 '용기를 잃다'라는 숙어로 쓰이는 것을 생각해보면 된다). 담대한 사람을 예민한 사람으로 정반대로 번역하다니! 이렇듯 번역된 책을 읽다가 무언가 글결에 맞지 않고 문맥과 어긋난 듯한 부분이 있다면 십중팔구는 단어의 뜻을 잘못 파악해서 일어난 일이다.

번역가는 이렇듯 때로 사전 편찬자처럼 사고한

다. 사전 편찬자가 'run'의 뜻을 6백 가지로 나눌 정도로 정교하고 세세하고 쪼잔한 작업을 하듯이, 번역가도 문맥 속에서 그 단어의 정확한 의미를 포착하기 위해 수십 가지 의미를 머릿속에 떠올리고 조각을 맞추어본다.

사실 번역가와 사전 편찬자는 그것 말고도 비슷한 점이 많다. 텍스트 뒤에 누가 있는지 보이지 않게 최대한 존재를 감춰야 한다는 점도 그렇다. 아무리 애를 써도 완벽에 도달할 수 없다는 점도 번역과 사전 편찬의 공통점이다.

> 세상의 낮은 업에서 노역하는 이들은 […]
> 칭찬받을 가망 없이 비판에 노출되고, 착오에
> 의해 망신을 사거나 태만에 의해 벌을 받고,
> 성공해 봤자 박수갈채는 받지 못하고, 성실함에
> 보답받지 못한다. 그 불행한 필멸자들 가운데
> 사전 편찬자들이 있다.*

사전 편찬자의 일에 관해 이야기하는 새뮤얼 존슨의 저 유명한 말에서 '사전 편찬자'를 '번역가'로

* 코리 스탬퍼, 앞의 책, 39면에서 재인용.

바꾸어도 아주 자연스럽다.

『옥스퍼드 영어사전』은 현재 3판 개정 작업이 진행 중이다. 원래 완성 목표가 2000년이었는데, 5년씩 계속 미루다가 2018년 2월 최종 목표를 좀 더 현실적으로 수정해 2037년으로 못 박았다. 현재 48퍼센트까지 작업이 진행되었다고 한다.*

그런데 『옥스퍼드 영어사전』 편찬자들의 말에 따르면 해마다 대략 7천 개의 영어 단어가 새로 생겨난다고 한다. 그러니 이 작업은 열심히 달리고는 있는데 결승선이 날마다 조금씩, 하루에 단어 20개만큼씩 멀어지는 모양새인 것이다. 결승선만 멀어지는 것도 아니다. 다행히 2037년에 작업이 완성된다고 하더라도, 3판 개정을 처음 시작하고 완성하기까지 수십 년 동안의 언어 변화를 추가하려면 처음부터 다시 개정해야 한다. 이론적으로는 영원히 끝나지 않는 일인 것이다. 사전 편찬은 완벽한 엄밀함을 추구하지만 정의상 결코 완벽에 도달할 수 없는 일이다. 사전 편

* https://www.theguardian.com/news/2018/feb/23/oxford-english-dictionary-can-worlds-biggest-dictionary-survive-internet 참조.

찬자들은 다시 아래로 굴러떨어질 것을 알면서, 산이 계속 자라고 있다는 것을 알면서 산을 오르는 사람들이다.

완벽에 도달할 수 없다는 것은 사전뿐 아니라 인간이 하는 모든 노역의 공통 운명인지도 모르겠다. 완벽한 조형물은 쇠락하고 완벽한 이론은 반박된다. 시간의 흐름을 버틸 수 있는 것은 아무것도 없다. 그럼에도 허황한 노력을 기울여 불가능한 완벽에 도전하는 사람이 없다면 문명이 이루어질 수 없을 것이다. 조금 글이 길어졌는데 사전 만드는 사람들 이야기를 하다 보면 나도 모르게 거품을 물게 된다. 글자로 바벨탑을 쌓는, 터무니없는 과업이기 때문이다. 지금은 비용과 수고를 들이지 않고도 너무나 쉽게 인터넷에서 사전을 검색할 수 있어서 그것을 만드는 일이 물리적으로 어떤 작업인지, 얼마나 많은 인간의 노고가 집약적으로 들어가는지, 그 안에 얼마나 많은 정보가 망라되어 있는지 감이 잘 안 온다. 거인의 과업에 우리는 그냥 공짜로 올라타 있다는 사실을 의식하지 못할 때가 많다.

스크래블과 인터넷

오래전 어느 날 남자친구를 집에 처음으로 데려와 인사를 시켰다. 아빠, 엄마, 오빠와 거실에 앉아 세상에서 가장 어색하고 불편한 대화를 띄엄띄엄 나누다가, 누군가가 분위기를 바꾸자는 뜻으로 스크래블을 하자고 제안했다. 스크래블은 각자 알파벳 글자 타일 일곱 개씩을 갖고 단어를 조합해 보드 위에 가로세로 낱말퍼즐 모양으로 놓아 점수를 따는 게임이다. 단어를 많이 알고 주어진 글자를 가지고 단어를 만드는 능력이 뛰어난 사람(나)에게 유리한 게임이다. 그런데 무조건 긴 단어를 많이 안다고 좋은 건 아니다. 그보다는 'quiz(퀴즈)', 'jo(애인)', 'vex(성가시게 하다)' 같은 단어를 잘 기억해놓는 게 좋다. 'j, x, q, z' 등 잘 안 쓰는 알파벳이 들어가야 점수가 높기 때문이다.

우리 집에서는 가장 즐겨 하는 보드게임이기 때문에 자연스러운 제안이었다. 그러나 남자친구 입장에서는 오늘 처음 만난 사람들이 누가 누가 이상한 영어 단어를 많이 아나 겨루는 게임을 하자고 한 셈이었으니 엄청 당혹스러웠을 것이다. 남자친구는 이 미친 가족에게서 빨리 탈출해야겠다는 생각을 하면서 식은땀을 흘렸다고 한다. 결국 그날의 대결에서 어처구니없는 점수로 꼴찌를 했고(초등학교 수준의 단어밖에 만들지 못했다) 그럼에도 탈출하는 데 실패해서 내 남편이 되었다. 하지만 그날의 충격이 너무 컸는지 그 뒤로는 내가 아무리 졸라도 나와 스크래블을 같이 하지 않는다.

스크래블과 관련해 이런 일도 있었다.

대학교 2학년 때 학교 앞에 있는 호프집에서 아르바이트를 했다. 어느 날 그 앞을 지나가는데 입간판에 "아르바이트 구함"이라는 종이가 붙어 있길래 무작정 들어갔다. 그 위에는 "버드와이저 1500원"이라는 종이가 크게 붙어 있었다. 새로 연 호프집이었고 젊은 형제가 사장이었다. 형은 주먹의 세계에 있는 사람이었고 동생은 은행에 다니다 그만두고 사업을 시작했다고 했다. 나중에 버드와이저를 1500원에 팔 수 있는 이유가 형의 연줄을 이용해서 세금이 없는 군납용 맥주를 들여올 수 있기 때문이라는 걸 알게 됐다. 그것 말고도 불법적이거나 미비한 부분이 많았는데 주기적으로 들르는 경찰에게 봉투를 주면서 해결하고 있었다.

맥주가 쌌고 학교 바로 앞에 있었기 때문에 학생들이 많이 왔다. 나는 빈 버드와이저 병을 손에 최대 여섯 개까지 끼우고 나르면서 사람들이 점점 취해 가며 추태를 부리는 것을 흥미롭게 관찰했다. 다음

날 학교에서 호프집 손님을 우연히 마주치면, 그 학생은 귀신이라도 본 것 같은 표정으로 나를 쳐다봤다. 저 사람이 누구더라, 왜 여기 있지, 하는 혼란이 가득한 얼굴이었다. 나는 그 학생이 무슨 과 몇 학번 누구인지도 아는데. 전날 술값이 모자란다고 학생증을 카운터에 맡기고 갔기 때문이었다. 호프집 알바가 같은 학교 학생일 수도 있다고는 생각하지 못하는 것 같아 재미있었다.

어느 날은 남학생 두 명이 바 자리에 앉아 미니 스크래블보드를 꺼내놓고 스크래블을 했다. 나는 바와 테이블 사이를 오가며 일하는 도중에 슬쩍슬쩍 판을 들여다봤다. 그런데 게임 중반쯤 흥분한 함성이 터져 나왔다. 플레이어 1이 'oxyzen(산소)'이라는 단어를 완성한 것이었다! 'x'가 8점, 'y'가 4점, 'z'가 10점이니 이것만 합해도 22점이다. 이걸 더블 워드나 트리플 워드 칸에 얹었다면 75점까지도 받을 수 있다. 고스톱으로 치면 쌍피 포함해 쌓은 걸 가져가면서 싹쓸이까지 한 경우하고 비슷하다. 결승타가 될 한 수였다.

다만 문제는 산소에는 'z'가 없다는 거였다. 플레이어 2도 의심이 들었는지 'oxyzen'이 아니라 'oxygen'이 아니냐고 이의를 제기했다. 그러나 플레이어 1의 목소리가 훨씬 더 컸다.

"무슨 소리야, 'z'지!"

"'g'라니까!"

한참 실랑이가 오가길래 보다 못해 내가 끼어들었다.

"'g'예요."

플레이어 1은 지금까지 옆에 있는지도 몰랐던 호프집 알바생의 말은 도저히 믿지 못하겠다는 투로 따지고 들었다.

"정말이에요? (호프집 알바가) 그걸 어떻게 알아요?"

나는 그걸 어떻게 모르냐고 묻고 싶었지만(전국의 고교생이 본다는 『능률 Vocabulary』에 'oxy-(날카로운)'와 '-gen(낳다)'이 합해진 말이라고 나와 있는데!) 시비가 붙을까 봐 아무 말 없이 접객용 미소를 띠고 빈 테이블을 치우러 가는 척 그 자리를 떴다.

사전 없이 스크래블을 할 때는 종종 이런 문제가 생긴다. 스크래블 공식 룰에서는 게임을 할 때 사전 하나를 정해놓고 하라고 한다. 그 사전을 기준으로 쓸 수 있는 단어인지 아닌지 판단한다. 스크래블에는 사전에 실린 단어와 그 변형 형태('s'가 붙은 형태나 동사의 과거형 등)만 쓸 수 있다. 사전에 있는 단어라도 하이픈(-)이나 어퍼스트로피('), 대문자가 있으면 못 쓴다.

스크래블의 제왕을 자처하는 나지만, 얼마 전에는 영어에 반까막눈이나 다름없는 둘째하고 스크래블을 해서 큰 점수 차로 패했다. 둘째가 스마트폰을 들고 사전을 검색해서 'qat'(식물의 한 종류), 'xu'(수, 베트남의 화폐단위)', 'adz'(까뀌(?)) 따위 세상에 도저히 존재하지 않을 것 같은 단어를 찾아내 써먹은 탓이다. 걸어 다니는 사전이라도 이길 수가 없는 게임이었다. 나의 참패는 종이 사전이 인터넷 사전에 밀려 더 이상 쓰이지 않게 된 것처럼 예견된 결과였다.

내가 처음으로 번역 일을 할 때는 의지할 데가 종이 사전밖에 없었다. 그러다가 시디롬 사전을 컴퓨터에 설치해서 쓰기 시작했고, 인터넷 속도가 빨라져 시디롬 사전 검색 속도와 차이가 없어진 다음부터는 당연히 인터넷으로 여러 사전을 동시에 보면서 작업한다. 종이 사전에 기대어 작업했을 때는 단어를 찾는 데 시간이 많이 걸리기 때문에 모르는 단어만 찾았다. 그렇지만 지금은 아는 단어도 찾는다. 아는 단어도 그 단어의 여러 뜻 가운데 지금 맥락에 가장 적절한 것을 찾으려면 사전을 열어 될 수 있는 대로 많은 뜻풀이를 봐야 한다. 사전을 많이 볼수록 오역 가능성은 줄어들고 번역 품질은 좋아진다. 그러니까 디지털 사전을 쓸 수 있게 되면서, 지난 세기의 번역과 오늘날 번역 사이에 신석기혁명급의 기술 차이가 발생한 것이다. 그만큼 사전은 번역에 필수 불가결한 도구다. 안타까운 점은, 그런 사전이 더 발전하지 못하고 있다는 점이다.

30년쯤 전에는 사전이 졸업 입학 선물로 가장 인기 있는 품목이면서(주는 사람 입장에서) 가장 인기 없는 품목이었다(받는 사람 입장에서). 예전에는 학생이라면 영한사전 한 권씩은 갖고 있었고, 집에도, 사무실에도 사전이 한 권은 있었다. 그렇지만 인터넷만 연결되면 얼마든지 사전을 검색할 수 있는 지금은 아무도 사전을 사지 않는다. 수익이 사라졌으니 사전을 출판하던 출판사에서 대부분 사전 사업을 접었다. 한국어사전 작업은 국립국어원이나 대학 부설 연구소에서 조금씩 이루어지기도 했지만, 영한사전은 업데이트가 되지 않은 지 이미 오래되었다. 두산동아의 『프라임 영한사전』, 민중서림의 『엣센스 영한사전』 둘 다 2008년판이 마지막 개정판이다. 2009년 출간된 『옥스퍼드 영한사전』은 옥스퍼드에서 나온 학습용 사전을 번역한 것이다.* 사전이 돈이 되지 않으니 앞으로도 대규모 사전 편찬 프로젝트가 실현될 가능성은 낮은 듯하다.

사전이 디지털화되고 온라인화되면서 번역하는 사람 입장에서 사전을 이용하기는 엄청나게 편해졌으나, 이런 변화는 양날의 검이었다. 작업할 때 사전에 크게 의존하는 번역가들은 점점 낡아가는 도구를 들고 작업하는데 도구를 발전시킬, 아니 최소한 유지 보수라도 해줄 대장장이가 없는 셈이다. 더 이상 수익을 내지 못하는 사전의 미래는 어떻게 될까?

국립국어원도 1999년 『표준국어대사전』을 펴낸 이후에는 사전 편찬실을 유지하지 못하고 있다. 대신 사용자 참여로 사전이 시대에 뒤떨어지지 않도록 업데이트한다. 『우리말샘』이 그런 사전이다. 위키 방식과 전문가 감수를 결합해서, 사용자가 항목을 추가하고 정의를 집필하면 전문가가 검토하여 사전에 올릴지 말지를 결정한다. 그래서 요즘 유행하는 '먹방'은 『표준국어대사전』에는 없지만 『우리말샘』에는 올라가 있다. 이렇듯 국가에서 지원하는 한국어사전조차 전면 개정은 꿈도 못 꾸고 사용자 기여로 새로운 어휘

* 정철, 『검색, 사전을 삼키다』, 사계절, 2016, 88면 참조.

를 추가하면서 근근이 명맥을 유지하는 형편이다.

영한사전 같은 이중언어 사전은 그마저도 어렵다. 외국어와 한국어를 대응한 말뭉치를 가지고 만든 국립국어원의 온라인 사전 『한국어-영어 학습사전』이 현재로서는 이중언어 사전의 공백을 메워줄 가장 기대할 만한 대안인 듯한데, 업데이트가 꾸준히 되고 있는지는 모르겠다. 안타깝지만 예전처럼 노동집약적으로 만드는 사전은 이제 다시 나오기 어려울 것이다. 거대한 말뭉치를 구축하고 인공지능과 자연어 처리 기술로 분석해 만든 사전이 나올 날을 기다려야 할 듯싶다. 인공지능 번역 기술 발전을 위해서도 필요한 작업이다.

단어 되찾기

조지 오웰의 소설 『1984』에는 사전 편찬자가 등장한다. '진리성'이라는 국가기관에서 일하는 주인공 윈스턴 스미스의 직장 동료로, 신어(新語) 사전 11판을 편집한다. 동료가 하는 일은 현재 쓰는 영어, 즉 구어(舊語)에서 의미가 겹치는 단어들을 기본 단어 하나만 남기고 모두 없애는 일이다. 그러니까 'good'의 무수한 동의어는 'good'만 남기고 전부 없앤다. 또 'un-'이라는 접두사를 붙여 'ungood'이라고 할 수 있으니 'good'의 반대말도 모두 없앨 수 있다. 'good'만으로 표현하기에 조금 성이 안 찬다 싶으면 'plusgood'이라는 비교급과 'doubleplusgood'이라는 최상급을 사용하면 된다.

신어 사전 편찬자는 이렇게 날마다 수십, 수백 개씩 단어를 삭제한다(학교 다닐 때 영어 단어 외우느라 고생한 걸 생각하면 좋은 일인 것 같기도 하다). 그래서 신어는 전 세계 언어 가운데 유일하게 매년 어휘가 줄어드는 언어이다. 사전 11판이 완성되어 단순명료한 단어들만 남게 되면 그때부터는 구어 대신 신어만 쓰게 해서, 2050년이 되면 구어는 완전히 사라질 것이라고 한다.

단어의 수를 줄이는 까닭은 사고의 폭을 제한하여 전체주의적 통제를 더욱 쉽게 하기 위해서이다.

어렸을 때부터 오로지 신어만 사용한 사람은 평등이나 자유, 정의, 민주주의 등 사라진 단어를 알 수가 없을 테니 국가에 적대적인 생각이 들더라도 말로 표현할 수 없어 모호한 형태로만 품게 될 것이다. 반항적인 생각을 다른 사람과 나눌 수도 없다. 따라서 "모든 개념이 정확히 한 단어로 표현"되어 "부수적인 의미가 모두 지워지고 사라져 아주 엄격하게 정의되는 단어"*만 남았을 때, 곧 언어가 사전 속에 완벽히 박제될 때 통제 사회는 완성된다.

정말 그럴까? 사전이 언어가 진화하지 못하게 성장을 방해할 수 있을까?

우리는 사전이 단어의 의미를 명시하고 언어를 어떻게 쓰라고 지시한다고 생각하기가 쉽다. 붙잡아 정의할 수 없는, 살아 있는 생명체와 같은 언어를 사전이 억지로 옭아매어 고정해놓으면 우리는 그것을 기준 삼아 언어를 사용해야 한다고 생각한다.

2022년 4월 미국 캘리포니아주에서 메리엄 웹스터 출판사에 총격, 폭격을 하겠다고 협박한 삼십대 남자가 기소되었다. 이 남자는 『메리엄 웹스터 사전』

* 조지 오웰, 『1984』, 김승욱 옮김, 문예출판사, 2022, 86면.

에 새로 업데이트된 몇 가지 정의에 불만을 품고 출판사를 협박했다. 예를 들면 'girl'이라는 단어에 '성 정체성이 여성인 사람'이라는 정의가 추가된 것을 두고, "이 가짜 정의를 만든 사람을 찾아내어 총으로 쏴야 한다"라는 의견을 이 단어의 온라인 의견란에 적었다. "문화적 마르크스주의자들이 과학을 부인하고 영어를 파괴하는 게 지긋지긋하다. 메리엄 웹스터 출판사를 총으로 쏘고 폭격해야 한다. 남자는 여자가 아니다"라고도 했다.*

'girl'의 사전적 정의에 '성 정체성이 여성인 사람'이라는 정의가 추가된 것이, 언어의 의미를 규정하는 기관에서 생물학적으로 여성이 아닌 사람도 여성이 될 수 있다고 허락하거나 인정했다는 의미일 리는 없다. 현재 'girl'이라는 단어가 트랜스젠더 여성 등 생물학적 성이 여성이 아닌 사람들까지 아우르는 말로 널리 쓰이기 때문에 이런 정의가 사전에 등재될 만하다는 뜻에 가까울 것이다. 물론 언어의 이런 변화가 못마땅할 수는 있다. 그렇지만 메리엄 웹스터 출판사를 공격한다고 해서 'girl'에 새로운 의미가 추

* https://www.washingtonpost.com/nation/2022/04/25/merriam-webster-gender-death-threats/

가되는 것을 막을 수는 없을 것이다. 언어를 변화시키는 것은 사전 편찬자가 아니라 언중이기 때문이다.

언어는 그것이 생긴 이래로 언제나 변해왔다. 사실 'girl'을 비롯한 여성을 가리키는 단어들에는, 애초에 없었던 의미가 유사한 패턴으로 추가되며 변해온 역사적 경향이 있다. 어맨다 몬텔의 『워드슬럿: 영어를 되찾아 오기 위한 페미니스트 가이드』는 이런 경향을 지적하며 언어학자 뮤리얼 슐츠의 「여성의 의미적 타락」(1975)이라는 연구를 인용한다. "여성을 가리키는 단어들은 처음에는 중립적이거나 긍정적인 의미를 지녔다가도 서서히 부정적인 의미를 획득하는 경우가 있다. 처음에는 살짝 비하하는 정도였다가 어느 정도 시간이 흐르면 성적인 욕이 된다."*

각각 성별만 다른 단어쌍인 'sir'와 'madam', 'master'와 'mistress'의 예를 보면 쉽게 이해할 수 있다. 남자 쪽을 가리키는 단어인 'sir'와 'master'는 오늘날에도 권위와 능력 등을 암시하는 긍정적인 뜻을 지닌다. 그러나 'madam'은 의미가 확장되어 '매

* Amanda Montell, *Wordslut: A Feminist Guide to Taking Back the English Language*, Harper Wave, 2019, p. 24.

음굴의 여주인'을 가리키는 말로도 쓰이게 되었고(우리나라에서 '마담'은 '술집이나 다방의 여자 주인이나 매니저'를 가리키는 말이다), 'mistress'는 사전을 찾아보면 원래 뜻인 '여주인'은 저 아래로 내려가 있고 '정부(情婦)'라는 뜻이 첫 번째 뜻으로 올라와 있다. 'slut'이나 'bitch', 'pussy' 같은 말도 원래는 중립적인 뜻이었는데(각각 '옷차림이 단정하지 않은 사람', '성기', '주머니'를 가리키는 말이었다) 여자를 공격하는 욕설로 바뀌었다.

우리말에서도 비슷한 현상을 찾아볼 수 있다. '계집'이라는 말이 중세 국어에서는 그냥 '여자'를 이르는 말이었으나 현대 국어에서는 의미가 변질되어 여자를 낮추어 부르는 말이 되었다. 내가 어려서 한자를 배울 때만 해도 한자 '男, 女'의 뜻풀이를 '사내 남, 계집 녀'라고 배웠다. 과거에는 사내와 계집이 한쌍을 이룰 수 있는 단어였겠지만, 어맨다 몬텔이 말하는 과정을 따라 '계집'이 욕이 되면서 한자 뜻풀이를 바꾸지 않으면 안 되게 되었다. 지금은 '男, 女'를 '사내 남, 여자 여'라고 한다.

그런가 하면 젊은 남자들이 서로 욕하면서 싸울 때 '씨발년'이라고 하는 게 가끔 들린다. 굳이 여성형을 사용하는 까닭은 '씨발놈'이라고 하는 것보다 '씨발년'이 더 강도가 높은 모욕적 표현이기 때문이다. '씨발놈'은 싸울 때 쓰기에는 공격력이 충분하지 않다. 반면 여자한테 더 세게 욕을 하기 위해서 '씨발놈'이라고 하는 경우는 들어보지 못했다. 성을 바꾸었기 때문에 모욕의 강도가 강해지는 게 아니라, 그냥 '씨발년'이 '씨발놈'보다 더 모욕적인 말인 것이다.

여자를 가리키는 단어들 가운데 중립적인 단어들은 부정적인 의미를 획득하며 욕이 되고 욕은 '플러스욕' 또는 '더블플러스욕'으로 진화하는 까닭은 말할 것도 없이 문화적, 사회적 요인 때문이다. 수천 년 전부터 계속된 남성중심적 사회에서는 여성을 성적인 대상 혹은 성적으로 통제해야 하는 대상으로 본다. 여성을 성녀 아니면 창녀라는 이분법적 구도 안에서 바라보는 여성혐오적 시각에서는 '보통 여성=창녀'가 된다. 그래서 시간이 흐르면서 여성을 가리키는 중립적 단어들이 점점 부정적이거나 성적인 의미를 추가로 획득하는 '의미적 타락'이 일어난다.

그렇지만 이렇게 변질된 말들을 되찾아올 수도 있을 것이다. 부정적인 뜻으로 주로 쓰이던 '퀴어(queer)'를 점차 성소수자 정체성을 긍정하는 뜻으로 쓸 수 있게 된 것처럼. '슬럿(slut)'은 지금도 물론 욕으로도 쓰지만, 자기주장을 확실히 내세우는 여자를 가리키는 긍정적 의미로 쓰기도 한다(여성운동 '슬럿워크'에서처럼). 비하하거나 차별하는 데 쓰는 부정적 말들을 전유하고 적극적으로 사용하면서 단어의 뜻을 인위적으로 바꾸어가는 방법이다. 아예 새로운 단어를 만드는 방법도 있다. 우리말은 특히 기존 한자어에서 일부만 바꿔 새로운 단어를 만들기가 상대적으로 쉽다. 그래서 '미혼'을 '비혼'으로, '유모차'를 '유아차'로, '저출산'을 '저출생'으로 바꾸어 쓰자는 움직임이 실제로 우리가 사용하는 언어를 바꾸어간다.

메리엄 웹스터 출판사를 테러하겠다고 협박한 남자처럼, 이렇게 인위적으로 개입해서 언어를 바꾸는 것에 반대하는 사람도 분명히 있을 것이다. 수십 년 동안 멀쩡히 써온 말을 왜 못 쓰게 하냐며, 왜 정치적 올바름을 강요하냐며, 말하고 싶은 대로 말할 자유를 침해하지 말라며 못마땅해한다. 그런 사람은 현재 사회적 특권을 누리는 사람이라, 단어가 사람의 경험을 정의하며 사람을 억압하고 낮잡을 수도 있고 반대로 긍정하고 북돋울 수도 있다는 사실을 뼈저리게 느끼지 못하기 때문에 그러는 것이다. 차별적인 언어를 바꾸지 않고 계속 쓰려고 하는 사람은 자기가 불편하지 않다고 해서 평등 문제에 무관심한 사람이라고 볼 수밖에 없다.

어떤 단어를 선택하여 사용하느냐가 우리가 사는 사회의 모습, 우리의 정치적 입장과 무관하지 않음을 생각하면, 언어가 사람의 사고에 영향을 미친다는 주장에 설득력이 전혀 없다고는 할 수 없을 것 같다. 『1984』의 지배집단은 심지어 언어를 조작하여 사람의 인식을 바꿀 수 있다고 믿는다. 이런 생각의 토대가 되는 것이 사피어-워프 가설이라고도 하는 언어결정론으로, 사람들의 인식 범주는 그들이 말하는 언어에 의해 결정된다고 주장한다. 그렇지만 많은 사람이 이 이론을 반박하면서 주장했듯이 사람에게는 언어와 별개로 사고하고 인식할 수 있는 능력이 있다. 사전으로 언어의 진화를 막을 수는 없다. 『1984』와 같은 극단적인 통제 사회에서, 오직 사전에 등재된 단어만 사용할 수 있게 강제한다고 해보자. 그런다고 하더라도 기존 단어에 새로운 의미가 생겨나는 것을 막을 수는 없을 것이다. 모든 단어는 사용하면 할수록, 다양한 맥락에 놓일수록, 의미가 점점 분화되고 꽃처럼 피어나기 마련이다. 모든 단어는 여러 다른 의미가 치열하게 투쟁하는 장이다. 어떤 단어에 나의 존재를 비하하는 의미도 있고 긍정하는 의미도 있다면, 그 단어가 나의 것이 될 수 있도록 싸워서 찾아올 수 있다. 여기에서 '싸운다'는 것은 사전 출판사를 협박하라는 의미가 아니다. 단어의 의미는 사전이 아니라 언중이 정의하니까.

새로 만들어지는 단어

아무리 방대한 사전이라고 하더라도 이 세상에 존재하는 모든 단어를 다 수록할 수는 없다. 온라인 사전은 물리적 공간 제약이 없으니 이론적으로는 고르고 빼고 할 필요 없이 모든 단어를 수록할 수 있을 테지만, 그렇다 하더라도 담지 못하는 것이 있다. '바벨의 사전'이 아닌 한 사전은 빈틈이 있기 마련이다. 단어는 끊임없이 새로 만들어지기 때문이다. 예전에 존재하지 않던 새로운 사물이 만들어지거나 발견되어 새로 이름을 얻기도 하고, 단어들을 합하거나 단어를 줄여서 새 단어를 만들기도 하고, 대중문화에서 신조어가 만들어지기도 하고, 다른 나라에서 들어온 말을 받아들이기도 한다. 언어는 『1984』의 '신어'처럼 시간이 흐를수록 어휘가 줄어드는 게 아니라 당연히 점점 자라나야 하고 새로이 세포분열을 해야 한다. 그래야만 살아 있는 언어다. 아무리 사전으로 옭아매려고 해도 우리가 쓰는 언어는 붙들어놓을 수가 없다.

어릴 때 나는 다른 사람 앞에서 '틀린' 말을 쓰는 걸 두려워했던 것 같다. 친구들이 입버릇처럼 쓰는 유행어가 주기적으로 바뀌는 걸 신기해하면서도 그 말들을 끝끝내 입에 올리지 못했던 기억이 있다. 그런 유행어 가운데 가장 충격적이었던 것은 '캡'이었다. 중학교 1학년 때 처음 들은 것으로 기억한다. 반에서 잘나가는 아이들이 말끝마다 '캡이야'를 붙이는데 나는 그 말이 도무지 입에 붙지 않아서 잘나가는 아이가 될 수 없었다(그것 말고도 여러 이유가 있었겠지만). 내가 가까스로 용기를 내어 '캡이야'를 말에 섞는 데 성공하고 나면, '캡'은 어느새 '캡빵'으로 바뀌어 있었다. '캡빵'은 '캡숑'으로, 또 '댑숑'으로, '대빵'으로, 이어 '댄나'로, '열라'로 정신없이 바뀌었다.

아이들은 언제나 숨 돌릴 틈도 없이 새로운 말들을 만들어 써왔다. 젊은 사람일수록 특유의 반항심으로 혹은 창의성으로 딱딱한 규칙이나 표준 따위에 얽매이지 않고 자유롭게 새로운 조어를 만들어낸다.

'유유지다'라는 말이 무슨 뜻인지 아는지? '슬프다'라는 뜻이다. 아마 몰랐을 것이다. 왜냐하면 우리 집 애들이 만든 말이기 때문이다. 이 말이 만들어지는 과정이 꽤 흥미로웠다. 우리가 문자메시지를 주고받을 때 'ㅠㅠ', 'ㅇㅇ', 'ㅋㅋ', 'ㄴㄴ' 하는 식으로 한글 자모를 이용해서 간단하게 의사소통을 한 지는 꽤 오래됐다. 그 가운데에서도 'ㅠㅠ'는 표음문자인 한글을 마치 상형문자처럼 사용해 눈물을 흘리는 눈 모양을 나타냈다는 점에서 특히 관심이 갔다.

그런데 언젠가부터 아이들이 'ㅠㅠ'를 형태(글자)로 만 이용하는 게 아니라 소리로 읽어서 뜻을 표현하기도 했다. 슬플 때 "유유"라고 말하기 시작한 것이다. 그렇게 '유유'는 '슬픔'이 되었다. 여기에 '-지다'* 라는 접미사를 결합해서 만든 파생어가 '유유지다' 이다. 접미사 '-지다'는 적어도 우리 집 애들의 언어 체계에서는 모든 명사와 결합 가능하다('대왕지다', '핑크지다' 등등). 물론 말도 안 되는 단어이지만, 그래도 아이들은 나름의 합리성에 의거해 '문법'을 따라 말을 만든다.

아마 새로운 단어를 잘 만들기로 가장 유명한 사람들은 독일인일 듯하다. 독일어의 합성어 체계에서는 새로운 단어의 조합을 얼마든지 만들 수 있기 때문에 독일어의 단어 수는 사실상 무한하다고 한다. 예를 들어 'Schadenfreude'는 'Schaden(손실)'과 'Freude(기쁨)'가 합해져서 남의 불행을 보며 느끼는 기쁨을 가리키는 말이 됐다. 영어로

* -지다: ('값지다', '기름지다', '세모지다'에서처럼, 몇몇 명사 뒤에 붙어) '그런 성질이 있음' 또는 '그런 모양임'의 뜻을 더하고 형용사를 만드는 접미사.(『표준국어대사전』)

는 'Zeitgeist(시대정신)', 'Wanderlust(방랑벽)', 'Weltschmerz(세계고)' 같은 개념을 이렇게 간결하게 표현하기는 어려울 것이다.*

방금 예로 든 널리 알려진 말 말고도 독일어 합성어는 무궁무진하다. 'Fremdscham'을 문자 그대로 옮기면 '외국의 수치'인데 누군가가 바보짓을 하는 것을 볼 때 간접적으로 느끼는 부끄러움을 가리킨다(우리말로는 "왜 부끄러움은 나의 몫인가"라고도 한다). 'Kummerspeck'는 'Kummer(슬픔)'와 'Speck(베이컨)'가 합해진 말로 슬픔을 달래려고 너무 많이 먹어서 살이 찌는 것을 가리킨다. 'Donaudampfschifffahrtsgesellschaftskapitän'은 'Donau(다뉴브)'+'Dampf(증기)'+'Schifffahrt(운항)'+'Gesellschaft(회사)'+'Kapitän(선장)'으로 이루어진, '다뉴브 증기선 회사 선장'이라는 합성어다.

독일어에서는 이렇게 단어를 겹겹이 쌓아서 어떤 특수한 상황에 관련된 단어라도 만들 수 있다고 한다. 그래서 사람들은 '내가 느끼는 이 특수하고 우연

* 한자도 독일어처럼 얼마든지 새로운 합성어를 만들 수 있기 때문에 독일어 합성어는 우리말로 번역할 때 한자어로 쉽게 변환되기도 한다.

적이지만 한편으로 어떤 보편성이 있을 수 있는 상황을 표현하는 독일어 단어가 분명히 있을 거야'라고 말하곤 한다. 나는 독일어를 잘 모르지만 지금 내가 느끼는 '아침도 멀쩡히 먹었는데 배가 고파서 시계를 보니 10시밖에 안 되어서 시무룩한 감정'을 표현하는 단어도 만들 수 있지 않을까. 만약 그런 단어를 만든다면, 그건 정말 독일어 단어일까 아닐까? 진짜 그런 단어가 있는지 없는지 판단하는 기준은 뭘까? 내가 앞에서 예로 든 단어들은 ('다뉴브 증기선 회사 선장'을 포함해) 모두 사전에 등재돼 있다. 사전에 등재된 단어는 '있는 단어'이고 그렇지 않은 단어는 '없는 단어'일까?

『두덴(Duden)』은 4~5년에 한 번씩 정기적으로 업데이트되는 독일어사전이다. 개정판을 낼 때마다 두덴 말뭉치에 새로 등장한 단어를 선별해서 5천 개 정도의 단어를 사전에 추가한다고 한다. 말뭉치에 나타나는 빈도도 고려할 테지만, 그보다는 철자가 까다로워서 사전에 등재되면 사용자에게 도움이 될 법한 단어 위주로 고른다고 한다.* 사전에 수록된 단어라

* https://www.goethe.de/ins/kr/ko/spr/mag/spr/21784921.html 참조.

면 어느 정도 널리 통용되는 단어라고 판단할 수는 있겠으나, 사전이 무엇이 단어인지 아닌지 판단하는 기준이 될 수는 없다. 그렇더라도 나의 구체적이고 개별적인 상황을 콕 집어 표현해주는 단어가 사전에 있다면 내 사정을 이해받은 것 같은 느낌, 내 경험이 보편성을 얻은 느낌은 확실히 들 것 같다. 세상에 이런 생각을 하는 사람이 나뿐이 아니구나 하면서.

존 코니그의 『불분명한 슬픔의 사전』은 그런 생각을 헤아려 만든 책이다. 적당한 단어가 없어서, 뭐라 말해야 할지 몰라서 표현할 수 없었던 감정들을 나타내는 단어를 새로 만들어서 소개한다. 작가가 블로그와 유튜브 채널에 올리던 것을 2011년에 책으로도 엮었다. 존 코니그는 시인이기도 한데, 감정을 나타내는 언어에서 맹점을 느꼈다. 어휘가 부족해서 감정을 쉽사리 표현하지 못하고 말이 막힐 때가 있었던 것이다. 그래서 전 세계 수십 가지 언어의 어근과 접사를 이용해서 새로운 단어들을 만들어냈다(저자의 성씨가 독일계인 코니그(Koenig)인 것으로 보아 독일어의 조어력을 알고 있어서 이런 복합어들을 만들기 시작했을지도 모르겠다).

예를 들자면 'looseleft'는 '책의 낱장'을 뜻하는 영어 'looseleaf'와 '남겨진'을 뜻하는 'left'를 합친 단어다. "좋은 책을 끝까지 다 읽었을 때 상실감을 느끼는, 너무나 친밀하게 여겼던 책 속 인물들의 삶을 뒤표지가 묵직하게 닫아 가두는 듯하다고 생각하는" 이라는 뜻의 형용사다*(여러분이 이 책을 덮을 때 조금이라도 'looseleft' 상태가 된다면 얼마나 좋을까).

'astrophe'는 그리스어로 '별'을 뜻하는 'astro'와 '위축, 쇠약'을 뜻하는 'atrophy'가 합해졌다는 것을 짐작할 수 있다. 이 단어의 뜻은 "지구에 꼼짝없이 매여 있는 느낌"이다**(사실 이 단어를 듣기 전에는 그런 느낌을 받은 적이 없는 것 같은데 듣고 나니 지구인의 운명을 다시 생각하게 됐다).

코니그가 실제로 통용되기를 기대하고 이런 단어를 만든 것은 아닐 테다. 이름을 붙일 수 있을 듯 없을 듯 미묘한 의미의 결에 이름을 붙여서 말로 표현하기 어려웠던 어떤 감정의 존재를 인지하게 하는 게 목적이라고 할 수 있다. 단어와 정의를 읽고, 느끼고, 공감하고, 위로받게 하기 위해서. 그래서 단어에 따라서는 여러 페이지에 걸쳐 특히 섬세하고 아름답게

* Koenig, John, *The Dictionary of Obscure Sorrows*, Kindle Edition, Simon & Schuster, 2021, Kindle Locations 145-146.

** 같은 책, Kindle Locations 171-172.

정의하고 묘사하기도 한다. 'Vemödalen'은 "세상의 모든 일은 누군가가 이미 한 일이라는 두려움"을 뜻한다. 잔잔한 슬픔이나 사색적 우울을 뜻하는 스웨덴어 'vemod'와 스웨덴의 지명 'Vemdalen'을 합해서 만든 단어다.* 이 단어를 소개하는 유튜브 클립은 단어의 뜻을 설명하는 내레이션과 함께 465장의 사진을 보여주는데, 전부 다른 사람이 찍었지만 무서울 정도로 똑같은 사진들이 연달아 나온다. 자동차 사이드미러에 비친 모습을 찍은 셀피, 비행기 안에서 본 비행기 날개, 라테 위에 우유 거품으로 그린 꽃, 바닷가에서 찍은 두 다리 등 비슷한 장면이 연이어 화면을 스쳐간다. 우리는 모두 무언가 새로운 경험을 하고 싶고 새로운 것, 나만의 것을 만들어내고 싶어 한다. 그렇지만 내가 찍은 사진은 이미 누군가가 수천 번은 찍은 사진이 아닌가? 이미 다른 사람들 수백만 명이 찍은 일몰, 벚꽃, 불국사 사진을 찍는 게 의미가 있나? 똑같은 사진들을 보면서, 나도 저것과 비슷한 사진을 찍었다는 걸 생각하면서, 아무리 스스로 독특한 존재라고 생각할지라도 사실은 나도 다른 사람과 똑같이 평범하고 진부한 사람일 뿐이며, 내가 하는 행

* 같은 책, Kindle Locations 143-144.

동은 무엇이든 다른 사람이 이미 간 길을 그대로 따라가는 것일 수밖에 없다는 생각을 한다. 영상에서 묘사하는 감정을 어느새 나도 똑같이 느끼고 울고 싶은 심정이 되었을 때, 코니그는 그 감정에 이름을 붙여준다. Vemödalen.

존 코니그의 웹사이트에 있는 '자주 묻는 질문' 코너에서 이런 질문을 보았다. "이 단어들은 진짜인가요 아니면 만들어낸 건가요?" 존 코니그는 답한다. "둘 다예요. 진짜 단어이면서 내가 만든 단어입니다."* 그리고 그 근거로 옥스퍼드 사전 편찬자 에린 매킨의 멋진 말을 인용한다.

> 사람들이 나에게 '어떤 단어가 진짜인지 아닌지 어떻게 아나요?'라고 묻곤 한다. 동화책 『벨벳 토끼 인형』을 읽어본 사람은 사랑은 무엇이든 진짜로 만들 수 있음을 알 것이다. 어떤 단어를 사랑한다면, 사용하라. 그러면 진짜가 된다. 사전에 있고 없고는 임의적인 구분일 뿐이다.

* https://www.dictionaryofobscuresorrows.com/post/269599704/frequently-asked-questions

사전에 있다고 해서 더 진짜가 되는 건 아니다.
어떤 단어를 사랑하면, 그 단어는 진짜가 된다.*

'유유지다'도, 적어도 우리 집 안에서는, 진짜 단어다.

* https://www.ted.com/talks/erin_mckean_the_joy_of_lexicography

사전으로 세상을 만들다

원래는 세상에 언어가 하나밖에 없었는데, 사람들이 하늘에 닿는 바벨탑을 쌓아 신의 권위에 도전하려 하는 바람에 신이 분노해서 언어를 흩어놓았다고 한다. '줄기와 가지가 단단한 여러해살이식물'을 어떤 사람은 '나무'라고 부르고 어떤 사람은 'tree'라고 부르고 어떤 사람은 'き'라고 부르게 되자 사람들이 서로 말이 안 통해 다투기 시작했고 무한한 건축물을 만드는 프로젝트도 접을 수밖에 없었다. 대신 우리는 무한히 증식하는 언어를 갖게 되었다. 세상에 존재하는 언어가 이렇게 무한히 다양할 수 있는 까닭은 우리가 사용하는 언어의 형식(음성)과 그것이 가리키는 대상 사이에 어떤 필연적 관계도 없기 때문이다.

이런 언어의 성질을 '자의성'이라고 부른다. 단어와 뜻 사이에 자명한 연관성이 있다면 둘 사이를 연결해주는 사전도 필요하지 않았을 것이다. 그런데 기호와 개념의 관계가 제멋대로이다 보니, 사람들이 같은 단어를 서로 다른 뜻으로 사용하거나 뜻을 잘 모르고 잘못 쓰기도 한다. 뿐만 아니라 언어는 고정되지 않고 자꾸 변화하고, 같은 말이라고 하더라도 맥락에 따라 전혀 다른 뜻이 될 수 있다. 그래서 언어 세계에서는 늘 혼란이 일어난다. 이런 혼란을 못마땅해한 사람들이 있었는데 17세기 영국 철학자 존 로크도 그 가운데 하나였다. 존 로크는 과학, 정치, 철학 같은 분야에서 일어나는 언어의 오용이 우리가 지식을 쌓거나 명료하게 사고하지 못하게 막는 최대의 장애물이라고 생각했다. 그래서 어떤 단어가 단 한 가지 개념만을 뜻하는, 곧 기호와 개념이 일대일로 대응하는 언어를 꿈꿨다. 그런 언어가 있다면 기표와 기의가 미끄러지지 않고 딱 붙어 있게 고정하는 완전한 사전을 만들 수 있을 것이다. 『1984』의 통제 사회에서 추구하는 신어도 그런 언어이다.

비슷한 시기에 영국 성직자이자 자연과학자인 존 윌킨스도 로크와 같은 이상을 품었는데, 윌킨스는 기호와 개념이 일대일로 대응하는 데서 한 발 더 나아가 세계 어디에서나 쓸 수 있는 보편 언어를 직접 구상하기에 이르렀다. 존 윌킨스가 만들어낸 언어는 언어의 운명과도 같은 자의성의 굴레를 탈피한 놀라운 언어였다. 드디어 바벨탑 이전의 세상으로 돌아갈 방법이 생긴 것이다.

존 윌킨스는 새로운 언어를 발명하고 『진짜 문자와 철학적 언어에 관한 소론』이라는 책을 펴내 자신의 조어 방식을 자세히 설명했다. 단어를 만들기 위해 윌킨스는 먼저 세계를 마흔 개의 범주, 즉 속

(屬)으로 나누고 각 속에 두 글자로 된 단음절 문자를 부여했다. 속을 다시 차(差)로 나누고 각 차에 자음 한 개를 부여하고, 그것을 다시 종(種)으로 나누고 모음 한 개를 부여했다. 예를 들면 'De' 속은 원소를 의미하고, 'Deb'은 원소 중에서도 제1번 원소인 불을 뜻한다. 'Deba'는 불이라는 원소의 한 종인 불꽃이 된다.*

윌킨스의 방식을 좀 더 자세히 살피기 위해 누구나 좋아하는 동물 퀴즈를 풀어보자. 윌킨스의 언어에서 길짐승은 'Zi'로 시작하고, 그다음에 'p'가 오면 '고양이 종류'를 뜻한다. 그다음에 오는 모음이 'α'이면 '크고 용감함', 'a'이면 '크고 줄무늬나 점무늬가 있음', 'e'이면 '크고 동체시력이 뛰어남', 'i'이면 '작고 집에서 기르고 쥐의 천적이거나 야생이고 사향을 분비함'이라는 의미다.** 그러면 'Zipα', 'Zipa', 'Zipe', 'Zipi'는 각각 무슨 동물을 가리킬까?***

* John Wilkins, *An Essay Towards a Real Character, and a Philosophical Language*, Sa: Gellibrand, and for John Martyn printer to the Royal Society, 1668, pp. 414-415 참조.

** 같은 책, p. 159 참조.

*** 정답: 'Zipα'는 사자 또는 곰(?), 'Zipa'는 호랑이

'고양이' 혹은 'cat'이라는 단어와 이들이 가리키는 대상의 관계는 자의적이지만, 고양이에 해당하는 윌킨스 언어의 어휘 'Zipi'에는 '작고 집에서 기르고 쥐의 천적인(혹은 야생이고 사향을 분비하는) 고양이 종류의 길짐승'이라는 뜻이 들어 있다. 고양이를 턱시도, 치즈, 고등어, 삼색이 등으로 더 세분하고 싶으면 각각에 알파벳을 부여하고 'Zipi' 뒤에 붙이기만 하면 된다. 윌킨스의 언어 체계만 알고 있으면 고양이를 한 번도 보지 못한 사람이라도 'Zipi'라는 단어가 어떤 동물을 가리키는지 짐작할 수 있을 것이다. 다시 말해 윌킨스가 만든 언어는 철자에 의미가 내포된 언어, 따라서 어떤 설명도 필요 없는 언어, "각각의 존재의 명칭 속에 그 존재의 운명과 과거와 미래가 포함된"* 언어인 것이다! 윌킨스의 언어 체계에 'Zipi'처럼 구체적인 대상을 가리키는 단어만 있는 것도 아니다. 윌킨스가 세계를 마흔 개의 범주로 나누었으며 길짐승은 그중 하나일 뿐임을 잊지 말자(윌킨스는 이 작업에 정말 진심이었다). 마흔 범주 가

또는 표범, 'Zipe'는 스라소니, 'Zipi'는 고양이 또는 사향고양이.

* 호르헤 루이스 보르헤스, 「존 윌킨스의 분석적 언어」, 『만리장성과 책들』, 정경원 옮김, 열린책들, 2008, 192면.

운데 첫 번째는 '초월적-일반'인데, 이 범주는 다시 (1)종류, (2)원인, (3)절대적이고 보편적인 것, (4)목적, (5)수단, (6)방식 등의 '차'로 나뉜다. 첫 번째 차 '종류'는 다시 여덟 개의 '종'으로 나뉜다. a.가장 기본적인 개념, b.실제 존재, c.실재와 유사한 것, d.사물과 개념을 표상하는 데 쓰이는 단어… 이런 식으로 나뉜 종도 또다시 세분화된다. 윌킨스의 책에서는 이런 편집광 같은 분류가 26쪽에서 시작해 288쪽까지 이어진다. 그리하여 첫 번째 단어 'Bαbα(존재)'부터 마지막 단어 'SYco(영성체)'까지 이 세상의 모든 개념이 체계적으로 분류되기에 이른다.

보르헤스는 존 윌킨스의 분류 체계를 보며 프란츠 쿤의 『중국백과사전』에 실려 있던 "모호하고 중복적이고 결함투성이인 분류"를 떠올린다. "이 오래된 백과사전에는 동물을 다음과 같이 분류할 수 있다고 쓰여 있다. (a)황제에 예속된 동물들, (b)박제된 동물들, (c)훈련된 동물들, (d)돼지들, (e)인어들, (f)전설의 동물들, (g)떠돌이 개들, (h)이 분류 항목에 포함된 동물들, (i)미친 듯이 날뛰는 동물들, (j)헤아릴 수 없는 동물들, (k)낙타털로 만든 섬세한 붓으로 그려진 동물들, (l)그 밖의 동물들, (m)방금 항아리를 깨뜨린 동물들, (n)멀리서 보면 파리로 보이는 동물들."* 보르헤스는 특히 혼란스러운 실패의 사례를 들어 이 세상 전체를 하나의 트리구조에 담아 분류할 수 있다는 생각이 얼마나 터무니없는지를 보이려고 했던 듯하다.

그런데 사실 보르헤스가 천연덕스럽게 인용하는 프란츠 쿤의 『중국백과사전』은 실존하지 않는 책이다. 보르헤스의 글을 읽다 보면 늘 그러듯이 어디까지가 실재이고 어디서부터가 허구인지, 그리고 무엇이 진심인지 헷갈리게 된다. 사실 보르헤스 자신도 세계 전체를 텍스트에 담는 시도를 수없이 하지 않았던가? 「알렙」에서는 우주 전체를 담으려고 시도했고, 「과학에 대한 열정」에서는 완벽한 왕국 지도를 만들기 위해 아예 왕국과 똑같은 크기에 왕국과 완전히 일치하는 지도를 만든 사람들 이야기를 했다. 보르헤스는 세상 전체를 포괄하는 완벽한 목록을 만들 수만 있다면, 언어로 알렙이라는 불가해한 우주를 구현할 수만 있다면 "이 언어야말로 우주의 열쇠이며 비밀의 백과사전"**이라고 믿었을 사람이다. 보르헤스가 상

* 같은 책, 190면.

** 같은 책, 189면.

상한 바벨의 도서관은 세상에 존재할 수 있는 모든 책이 소장된 도서관이다. 따라서 그곳에는 우주와 인류에 관한 궁극의 수수께끼에 대한 해답을 담고 있는 "완전하고 완벽한 책"이 존재할 수밖에 없다. 신이 아무리 인간의 언어를 흩뜨려놓으려 한들, 언어로 무한에 가까운 가능성을 구현하기만 한다면 신의 진리에 가닿을 수가 있는 것이다. 바벨의 도서관에 완벽한 책이 존재한다는 사실이 알려진 순간, "우주는 정당화되었고, 순식간에 인류의 무궁무진한 희망과 일치하게 되었다."*

·

존 윌킨스가 시도했던, 세상을 하나의 체계로 분류하는 완전하고 완벽한 책. 보르헤스의 단편소설 「틀뢴, 우크바르, 오르비스 테르티우스」에 결국 그런 책이 등장한다. 완벽한 백과사전이 하나의 세상을 만들어낸다.

「틀뢴, 우크바르, 오르비스 테르티우스」에서 나(보르헤스)는 친구 비오이 카사레스와 이야기를 나누다가 '거울과 성교는 사람의 수를 증식시키기 때문에

* 호르헤 루이스 보르헤스, 「바벨의 도서관」, 『픽션들』, 송병선 옮김, 민음사, 2011, 103면.

가증스러운 것'이라는 인용문을 듣고 감탄한다. 그 문구의 출처를 묻자 비오이 카사레스는 '우크바르'의 한 사제가 한 말이며 (『브리태니커 백과사전』의 해적판인) 『영미백과사전』 우크바르 항목에서 보았다고 말한다. 마침 그 집에 있던 『영미백과사전』을 뒤져보았으나, 우크바르라는 항목은 존재하지 않았다. 알고 보니 우크바르라는 항목은 그 백과사전 중에서도 일부 판본에만 들어 있는 것이었다. 사전에는 우크바르가 서아시아 어디쯤에 있는 나라라고만 애매모호하게 적혀 있어서 정확한 실체를 알 수 없다. 보르헤스와 카사레스는 실제로 우크바르에 가보았다는 사람을 한 명도 찾을 수가 없었다.

그런데 몇 년 뒤에 보르헤스가 『틀뢴의 제1백과사전』 11권을 우연히 손에 넣는다. '틀뢴'은 『영미백과사전』의 우크바르 항목에 신화적 공간으로 등장한 장소 이름이다. 우크바르라는 실재하지 않는 나라의 전설에 나오는 환상의 행성인 틀뢴의 백과사전이 현실 세계에 나타난 것이다. 보르헤스는 얼마 후에 틀뢴이라는 세계를 만들어내는 데 헌신하는 비밀결사가 있다는 사실을 알아낸다. 이들은 언어만으로 틀뢴이라는 행성을 만들어냈는데, 틀뢴에서만 사용되는 언어로 만들어진 세상이 '오르비스 테르티우스'이다.

오르비스 테르티우스는 틀뢴의 가상공간이고 틀뢴은 우크바르의 가상공간이고 우크바르는 보르헤스의 소설 속 세상 안의 가상공간이다. 영화 〈인셉션〉에서 꿈속에서 꿈을 꾸고 또 그 꿈에서 꿈을 꾸었던 것처럼 이 단편은 관념 속의 관념 속의 관념을 쌓아 올려서, 어디까지가 현실이고 어디서부터가 환상인지 우리는 결코 알 수 없다. 왜냐하면 관념으로 이루어진 세상이 현실에 '인셉션'을 시작하기 때문이다.

틀뢴의 사물이 소설 속 보르헤스가 사는 세상에 하나둘씩 등장하기 시작하다가, 1944년에는 『틀뢴의 제1백과사전』(전 40권)이 출간되어 전 세계에 퍼지기에 이른다. 이미 틀뢴은 이 세계에 침투하기 시작했고 세계의 면모를 바꾸어놓고 있다. 보르헤스는 백 년이 지나면 "세계는 틀뢴이 될 것이다"*라고 선언한다. 그리고 묻는다. 틀뢴에 관한 정밀하고 방대한 증거가 이렇듯 완벽한 질서를 이루고 있는데 어떻게 굴복하지 않을 것인가?

틀뢴이 완벽한 까닭은, 실재하는 세계가 아니라 완벽한 책, 곧 사전으로 만들어진 세계이기 때문이

* 호르헤 루이스 보르헤스, 「틀뢴, 우크바르, 오르비스 테르티우스」, 『픽션들』, 39면.

다. 우리는 사전이란 부동의 질서와 조화를 담고 있는 총체적인 체계이고 의심할 수 없는 권위를 지닌 책이라고 생각한다. 사전에 담긴 사실을 의심하지 않고 권위를 신뢰해야만 사전은 참고 서적으로서 기능할 수 있다. 하지만 현실은 고정되지 않기 때문에, 현실에 대한 기술은 객관적일 수 없기 때문에, 사전의 무오류성은 환상일 뿐이다. 사전은 현실을 비추는 거울이지만, 그 거울은 현실을 왜곡해서 복제한다. 그렇지만 틀뢴의 백과사전은 다른 거울을 비추는 거울일 뿐이라 불완전하고 혼란스러운 현실에 의해 침해되지 않은 완벽한 질서를 이룬다.

존 윌킨스의 시도는 비록 실패했지만, 보르헤스는 텍스트가 완벽하기만 하면, 현실에서는 이룰 수 없는 엄밀하고 완전한 체계를 이루기만 한다면, 그것은 하나의 세상으로서 전혀 모자람이 없고 오히려 우리가 사는 불완전하고 파악할 수 없고 모순적인 현실보다 우월하다고 믿었던 것일까. 사실 바벨의 도서관이나 틀뢴은 월드와이드웹에 대한 완벽한 은유다(보르헤스가 이 작품들을 쓸 때에는 월드와이드웹이 존재하지 않았지만). 지금 인터넷은 우리가 사는 현실에 침투하고 현실을 장악하며 인터넷이 곧 현실이 되고 있다. 영화 〈인셉션〉에서 맬은 완벽하고 영원하고 무한한 꿈속의 세상을 떠나기를 거부했다. 지금 우리도 맬처럼 그 자체로 완벽하고 자족적인 웹의 세계를 떠나기 어려워 혼란을 겪는다. 불완전하고 결함투성이이고 더럽고 아무것도 뜻대로 되지 않는 이 세상보다 차라리 환상적인 꿈의 세계에 머물고 싶어 한다.

생각만으로 나라를 통째로 만들어내는 일이 보르헤스의 상상 속에서만 일어나는 일도 아니다. (거의) 완벽하게 창조된 매혹적인 나라가 실제 영국 사람들을 완전히 사로잡은 때가 있었다.

1704년 런던에 등장한 조지 살마나자르*는 오늘날 타이완인 포모사 출신이며 영국 땅을 밟은 최초의 포모사 사람이었다. 그래서 살마나자르는 영국에 오자마자 유명인이 되었다. 성직자, 귀족, 부유한 상인들 모두 앞다투어 살마나자르를 만찬에 초대했고, 살마나자르가 자신이 포모사에서 예수회 선교사들에게 납치되어 생활하다가 탈출하여 영국에 오게 된 연유를 모국어인 포모사어와 라틴어로 떠벌리는 것을 감탄하며 들었다.

* 조지 살마나자르에 관한 일화는 폴 콜린스의 『밴버드의 어리석음』(양철북, 2009)에 자세히 실려 있다.

그런데 오늘날의 눈으로 이 만찬장의 광경을 봤다면 고개를 갸웃했을 것이다. 일단 살마나자르라는 이름이 특이하기는 하나 중국계 이름처럼 들리지는 않는다. 게다가 살마나자르는 금발에 파란 눈을 지녀, 누가 보기에도 백인이었다. 사실을 말하자면, 스스로를 '살마나자르'라고 부르는 이 인물은 포모사인이 아니었다. 포모사에는 가본 적도 없었다.

살마나자르는 유럽 어딘가 시골에서 태어났는데, 언어에 탁월한 재능이 있어서 어릴 때 잠깐 신학교를 다니면서 배운 라틴어와 그리스어를 유창하게 구사할 수 있었다고 한다. 그러나 워낙 가난했던 탓에 십대 때부터 거짓으로 이방인 행세를 하며 사람들이 가난한 순례객에게 베푸는 호의에 기대어 살았다. 그러다가 낯선 나라에서 온 사람일수록 더 많은 관심을 얻는 것을 보고는 대담하게도 자신이 포모사에서 왔다고 주장하기 시작했다. 포모사는 당시 유럽인들에게 나라 이름 말고는 거의 아무것도 알려지지 않은 미지의 세계였기 때문이다. 영국 상류층 사람들은 너도나도 '이국적인 개종자' 살마나자르를 만나고 싶어 했고 살마나자르는 이들의 기대에 부응하기 위해 야릇하고 신비롭고 엽기적이기까지 한 포모사 이야기를 신나게 지어냈다. 사람들은 살마나자르의 이국적 매력에 푹 빠져 입을 떡 벌리고 그의 이야기를 들었다. 영국인 가운데는 포모사에 가본 사람은커녕 포모사 사람이 어떻게 생겼는지 아는 사람도, 동양인이 서양인과 생김새가 다르다는 사실을 아는 사람조차도 거의 없었던 것이다. 그리하여 영국 전체가 살마나자르에게 속아 넘어가게 되었다.

살마나자르는 포모사의 온갖 신비하고 기이한 풍습을 당대 사람들이 품고 있던 오리엔탈리즘에 잘 들어맞게 지어내어 사람들을 매혹했다. 남자들은 금판이나 은판으로 국부만 가린 채 벌거벗고 생활하고, 주식으로 뱀을 먹고, 아내가 부정을 저지르면 남편이 아내를 잡아먹어도 되고, 매년 1만 8천 명의 아이들을 산 제물로 바치고… 기타 등등.

살마나자르가 가짜일지도 모른다고 의심하는 사람들도 일부 있었다. 왕립학회 소속 천문학자 에드먼드 핼리 경은 살마나자르의 거짓을 폭로하기 위해 날카로운 천문학적 질문을 던지기도 했다. 살마나자르는 의심하는 사람들을 반박하기 위해 좀 더 체계적인 증거를 내놓아야 할 필요성을 느꼈다. 그래서 쓴 책이 『일본의 속국 포모사의 역사와 지리』이다(사실 포모사는 일본이 아니라 중국의 속국이었지만 알 게 뭔가). 도판까지 곁들여 복식, 종교의식, 건축양식,

식물상, 동물상, 요리법, 역사, 자원 분포, 그리고 포모사어에 이르기까지 포모사라는 나라 전체를 통째로, 무에서 유를 환상적으로 창조해버린 책이었다.* 사람들의 호기심을 끌던 신비로운 나라를 이렇듯 자세히 소개한 『일본의 속국 포모사의 역사와 지리』는 출간되자마자 베스트셀러가 되었다. 독일어, 프랑스어, 네덜란드어로도 속속 번역되었다. 당대 영국 사람들의 의식 속에서는, 살마나자르가 만들어낸 나라가 실제 포모사보다 훨씬 더 구체적이고 실질적이고 완벽한 세계였던 것이다.

그렇지만 날조된 세계는 그리 오래가지 못했다. 시간이 흐르며 책 내용이 순전히 허구임이 드러나면서 살마나자르는 조롱거리로 전락하고 말았다. 살마나자르는 속마음은 순진한 사람이어서, 곧 자신의 잘못을 뉘우치고 사람들의 호의에 의존해 사는 대신 번역과 편집 등 돈벌이가 잘 안 되는(그때도 역시!) 일을 하며 속죄하는 마음으로 경건하게 살았다고 한다.

노년에 접어든 살마나자르는 가난한 문인들이

* 살마나자르가 만든 '포모사어'는 인공 언어의 초기 사례라고 할 수 있는데, 문법이 워낙 규칙적이고 논리적이어서 언어학자들도 실존하는 언어가 틀림없다고 판정할 만큼 그럴듯했다.

많았던 런던의 그럽 스트리트에 살면서 가끔 술집에서 새뮤얼 존슨이라는 젊은 작가와 어울렸다. 훗날 존슨은 살마나자르를 좀 특이하지만 천사 같은 사람으로 회상했다. 동네 사람 누구나 어린아이들까지도 살마나자르를 보면 인사를 하고 존경을 표할 정도로 사랑받았으며, 존슨 자신도 그 누구보다 살마나자르와 함께 한 시간이 좋았다고 한다. 그리고 얼마 후, 새뮤얼 존슨은 영국에서 가장 중요한 사전이 될 『영어사전』을 펴낸다. 새뮤얼 존슨은 어떻게 혼자 힘으로 4만 개가 넘는 표제어를 담은 방대한 사전을 만들어 낸다는 이토록 대담한 기획을 할 수 있었을까. 세상 모든 것을 다 담을 수 있는 책, 아니 아예 하나의 세상을 창조할 수 있는 책의 가능성을 살마나자르에게서 본 것은 아닐까.

사전에는 있지만 세상에는 없는 단어,
세상에는 있지만 사전에는 없는 단어

'돌이(石蝨, 학명 Petrophaga lorioti)'는 설치류와 유사한 진드기로 크기는 20~24밀리미터 정도다. 돌을 주식으로 삼는데 작은 몸집에 비해 식욕이 엄청나서 (돌의 밀도와 맛에 따라 차이가 있긴 하지만) 하루에 대략 28킬로그램의 돌을 먹어 치운다. 왕성한 식욕 때문에 건물 붕괴의 원인이 되기도 한다. 안타깝게도 최근 개체수가 급감하여 멸종위기종이 되었다.

돌이는 1976년 코미디언이자 만화가 로리오트의 모큐멘터리에서 처음 소개되어 존재가 알려졌으니, 물론 실존 생물은 아니다.* 그런데 이 생물이 1983년에 출간된 독일 의학 백과사전 『프쉬렘벨』에 항목으로 올라갔다. 백과사전에서는 돌이가 돌을 먹는 습성이 있으므로 방광, 담낭, 신장의 결석을 치료하는 데 쓰일 수 있다는 희망적 가능성을 제시했다.

이런 것을 '가짜 표제어(fictitious entry)'라고 한다.** 사전이나 백과사전, 지도 등을 만들 때 실제로 존재하지 않는 가짜 항목을 넣는 경우가 있는데, 무단 도용과 표절을 막기 위한 장치다. 무심코 남이 만든 사전이나 지도를 베끼다가 가짜 항목까지 베껴

* https://en.wikipedia.org/wiki/Stone_louse 참조.

** https://en.wikipedia.org/wiki/Fictitious_entry 참조.

서 실었다가는, 명백한 표절의 증거를 남기게 된다. 요즘 뉴스에 논문 표절 이야기가 종종 등장하는데, 베꼈다는 사실을 감추려고 문장을 고치고 순서를 바꾼다고 하더라도 원문의 오자가 베낀 글에 그대로 나타난다면 표절의 결정적 증거로 생각할 수 있는 것과 마찬가지다. 사전에 가짜 표제어를 넣는 것과 마찬가지 이유로 지도에는 실제 존재하지 않는 섬을 넣거나 가짜 거리 이름, 실존하지 않는 유령 마을을 집어넣는다. 1975년판 『뉴 컬럼비아 백과사전』에는 '릴리언 버지니아 마운트위즐'이라는 인물이 실려 있다. 원래 분수대 설계자였다가 사진작가로 직업을 바꾼 사람인데, 미국 시골 지역 우편함을 주제로 한 포토에세이 등 흥미로운 작품활동을 했으나 안타깝게도 『가연성물질』 잡지의 의뢰로 작업을 하던 중 폭발 사고로 젊은 나이에 세상을 뜨고 말았다. 상당히 재미있는 사람이었을 것 같은데 아쉽게도 마운트위즐 씨를 직접 만나본 사람은 없다. 마운트위즐 씨도 사전 속에만 유령처럼 존재하는 인물이기 때문이다.

그런데 '돌이'의 사정은 다르다. 종 자체는 멸종위기임에도 불구하고 점점 실체를 획득하고 있는 듯하다. 『프쉬렘벨』은 257판을 내면서 '돌이' 항목을 뺐는데, 독자들이 그 사실을 알아차리고 강력하게 항의하는 바람에 다시 집어넣어야 했다. 그 덕분에 1997년 프랑크푸르트 도서전에는 다시 돌이를 집어넣은 '정확한' 판본을 출품할 수 있었다. 새 판본의 '돌이' 항목에는 새로운 내용도 추가되었다. 베를린장벽 붕괴에 돌이가 기여했을 가능성이 있다는 추측이었다. 베를린장벽의 위치가 '돌이가 많이 서식하는 지역'이라는 게 추측의 근거였다. 석기시대가 끝난 것이 돌이와 관련이 있다는 가설도 제기되었다(돌이는 포레스트 검프처럼 역사의 중요한 장면마다 등장하는 성향이 있는 듯하다).

돌이는 의학 백과사전만이 아니라 독일 여기저기에서 발견된다.

야코프 마리아 미어샤이트는 1979년에 독일 사회민주당 소속 하원의원들이 먼저 세상을 떠난 동료의 후임자로 만들어낸 가상 인물이다(트위터 계정은 @jakobmierscheid). 미어샤이트는 1979년부터 현재까지 오랜 기간 하원의원으로 활동하면서 여러 업적을 남겼다. 1983년에는 사민당 선거 결과와 독일 서부 지역 철강 생산량 사이에 강한 상관관계가 있음을 보여주는 논문을 당 기관지에 발표했다. 1993년에는 프랑크푸르트에서 열린 '제3회 돌이 심포지엄'에서 논문을 발표했다.*

가상 인물만 심포지엄에서 돌이를 언급하는 것도 아니다. 실제로 1999년 프랑크푸르트의 젠켄베르크 자연사박물관 심포지엄에서는 돌이 때문에 오래된 건축물과 기념물 보존에 위험이 제기된다는 내용이 발표되었다.

2005년에 출간된 『의학역사 백과사전』은 돌이가 멸종위기에 처한 원인을 이해할 수 있는 단초를 제공한다. 19세기에 돌이를 이용한 동종요법이 유행한 탓이라는데, 아마 결석 제거와 관련이 있을 듯하다. 그렇지만 21세기에 들어 돌이는 위기를 극복하고 다시 부활했다. 2002년 독일국립도서관에서 발표한 논문에서는 낙관적인 수치를 보여준다. 독일국립도서관 인근에 서식하는 돌이의 개체수를 처음으로 헤아렸는데, 무려 1조 113억 마리 정도로 추산된다고 한다. 돌이가 주로 '책 속에서' 발견된다는 사실을 보아도 알 수 있듯, 베를린장벽 붕괴 이후에 돌이는 도서관을 주서식지로 삼은 듯하다.

도르트문트 동물원에서는 돌이 서식지를 관리

* https://en.wikipedia.org/wiki/Jakob_Maria_Mierscheid 참조.

하고 전시한다(안타깝게도 너무 작아서 관람객 눈에 보이지는 않는다). 동물원의 설명에 따르면 돌이는 바위 지역이나 도서관에 주로 서식하며 수명은 1년 정도라고 한다.

2003/2004년 독일 보건부 건강보험 카탈로그는 돌이 감염이 질병의 원인이 될 수 있다고 언급하면서 표준 치료법, 치료 비용 등을 망라해 소개했다. 반면 2004년 티메 출판사에서 출간한 병리학 책에는 돌이가 결석 제거에 사용될 수 있다고 나와 있으니, 병 주고 약 주는 벌레인 셈이다.

이렇듯 돌이는 이미 독일을 장악한 것으로도 모자라 스위스까지 침범해 들어가고 있다. 2018년 취리히시에서는 돌이 때문에 곤란을 겪는 시민들을 위한 공식 지침을 발표했다. 가상공간인 틀뢴이 우리가 사는 세상에 점점 침범해 현실을 바꾸어놓을 것이라는 보르헤스의 예언을 믿지 못하겠다는 사람도, 돌이가 지구를 야금야금 정복해나가고 있다는 증거를 부인하기는 어려울 것이다.

돌이가 사전을 비롯한 책 속에서는 자주 발견되지만 실제로 목격한 사람은 없는 반면, 실제로 우리가 쓰는 단어인데 사전에는 없는 단어도 있다. '유유지다'처럼 우리나라 인구의 0.00001퍼센트만 쓰는 말, 유행처럼 잠깐 쓰이다가 사라지는 말, 비속어, 전문용어, '표준어'가 아닌 말, 사투리 등. 일부는 사전에 들어가기도 하지만, 사전을 만들 때는 나름의 기준에 따라 어떤 단어를 수록할지 정하기 때문에 이런 단어들은 대체로 걸러진다. 특히 종이 사전은 공간 제약이 있으므로 당연히 현재 많이 쓰이는 단어를 추려서 실어야 한다. 학습사전, 대학사전 등 언어를 배우는 학생을 대상으로 한 사전은 '쓸모 있는' 단어를 더욱 신중히 가린다.

사전은 우리가 사용하는 말을 충실하게 기록하는 '기술적인(descriptive)' 것이 되어야 한다고 하지만 '지시적인(prescriptive)' 면을 완전히 지울 수는 없다. 특히 한국어사전에 있는 화살표(→)는 굉장히 지시적이다. 어딘가를 가리킨다. 예를 들어 『표준국어대사전』에서 '깡총깡총'을 찾으면 '→깡충깡충'이라고 나온다. '깡총깡총'을 쓰고 싶어도 모음조화 본능을 억누르고 '깡충깡충'이라고 쓰도록 국가기관에서 유도하는 셈인데 생각해보면 어이없는 일이다. 예전에는 사전에서 표준어가 아닌 단어, 예를 들어 '깡총깡총'을 찾으면 '깡충깡충의 잘못'이라고 일러주기도 했는데, 지나치게 교조적이다 싶었는지 요새는

'잘못'이라고 지적하는 대신 맞는 말로 부드럽게 찌르듯 안내하는 화살표로 바꾼 듯하다.

핍 윌리엄스의 소설 『잃어버린 단어들의 사전』의 주인공 에즈미는 어머니를 일찍 잃고 『옥스퍼드 영어사전』 초판 편집자인 아빠와 산다. 에즈미는 어릴 때부터 아빠를 따라 제임스 머리 박사가 지휘하는 사전 편찬실에 나와 놀면서 사전이 만들어지는 과정을 보며 성장한다. 에즈미는 여자들도 조수나 자원봉사자 등의 역할로 사전 만드는 과정에 참여하기는 하지만 어떤 단어를 사전에 넣을지 말지 정하는 사람, 단어의 정의를 집필하는 사람은 전부 남자들이고 사전에 실리는 예문도 대체로 남자들이 쓴 책에서 발췌한다는 사실을 알게 된다. 에즈미는 사전에 실린 정의와 예문이 자신의 경험을 온전히 설명해주지 못한다고 느끼고, 편찬실에서 버려진 단어 카드를 주워 모으기도 하고 자기 주변 여자들이 하는 말 중에서 사전에는 들어가지 못하는 말을 수집해 직접 단어 카드를 만들기도 한다. 시장에서 물건을 파는 할머니, 허드렛일을 하는 하녀, 여성참정권 운동가 등이 쓰는 일상어, 가난하고 못 배운 사람들이 쓰는 이른바 '상스러운' 말들이 적힌 단어 카드를 모아 '잃어버린 단어들의 사전'이라고 부른다. 이 소설은 『옥스퍼드 영어사전』이 만들어지는 과정을 구체적이고 인간적으로 보여준다는 점이 흥미롭지만, 한편으로 그 사전을 만든 사람이 누구인가라는 문제도 제기한다.

대개 사전은 객관적이고 보편적인 사실, 냉정하고 기계적인 판단, 수술대 위의 수술 도구처럼 건조하게 살균된 정의를 담고 있을 것이라고 생각하지만, 사전에 들어갈 말을 고르고 정의하는 것은 사람이니 그 사람과 당대 사회의 편견이 들어갈 수밖에 없다. 우리가 읽는 사전은 대부분 남성중심적, 이성애중심적, 인간중심적 사회의 편견을 담은 중산층 지식인의 글이다. 무언가를 배제하고 만들어질 수밖에 없다는 것이다.

또 사전은 본래 의도가 그렇지 않다고 해도 우리에게 언어를 어떻게 쓰라고 지시하는 규범의 역할을 한다. 그래서 사전은 창의성과 자발성을 옥죄는 구속이나 제약으로 간주되기도 한다. 윌리엄 메이크피스 새커리의 소설 『허영의 시장』에서 주인공 베키 샤프는 지긋지긋하게 억압적인 기숙학교를 떠나는 순간, 학생들에게 졸업 선물로 주어지는 새뮤얼 존슨의 『영어사전』을 마차 창 밖으로 던져버린다.

앞에서 잠깐 이야기했던 겐보 히데토시의 『산세

이도 사전』은 단어 정의 방식에서 이전과 다른 중대한 혁신을 해냈다고 평가받는다. 『산세이도 사전』은 145만 개의 예문을 수집해서 현재 쓰이는 언어를 충실하게 반영하고자 한 기술적 사전이었고, 정의도 그에 걸맞게 현실에 밀착되게 하려고 애썼다. 그런 정의 방식을 '말의 사생(寫生)'이라고 부르는데, 추상적이고 개념적인 단어 뜻풀이를 탈피해 사람들이 그 단어에 대해 갖는 이미지를 그려내는 방법이다. 그전까지의 사전이 '물'을 "수소 2, 산소 1의 비율로 화합한 무색·무미의 액체"라고 설명했다면, 『산세이도 사전』은 "우리의 생활에 없어서는 안 되는 투명하고 차가운 액체"라고 설명했다.* 일상의 경험과 사용자가 받는 느낌을 포착해 전달하려고 애썼다는 말이다.

한편, 정의하기가 어려워 늘 골치였던 '여자'와 '남자'는 『산세이도 사전』에서 이렇게 정의되었다.

> 여자 ① 사람 중에서 다정하고 아이를 낳아 키우는 사람.
>
> 남자 ① 사람 중에서 힘이 세고 주로 밖에서 일하는 사람.

* 사사키 겐이치, 『새로운 단어를 찾습니다』, 141~142면.

『산세이도 사전』의 저자 겐보 히데토시는 이를 두고 "인간에 대한 생리적 관점 대신 사회적 기능의 관점에서 파악하는 방법"이라고 자평했다.* 당대 사회의 모습을 그대로 '기술적'으로 묘사한 뜻풀이일 뿐이라고 했지만, 지금 보기에는 성별에 따른 사회적 역할을 이렇게 규정하는 것이 너무나 답답하고 고루하게 보인다. 왜 베키 샤프가 사전을 마차 창 밖으로 던졌는지 이해가 간다. 사전은 아무리 자연스러우려 해도 그것이 만들어진 시대의 편견의 산물일 수밖에 없다.

사투리는 사전에서 배제되는 단어군 가운데에서 아마도 가장 아깝고 가장 억울한(수도권에서 쓰이는 말이 아니라는 이유로 배제되다니!) 부류가 아닐까 싶다. 나는 서울에서 나고 자랐지만 엄마와 이야기를 할 때는 어설프게 전라도 말을 섞는다. 엄마가 쓰는 전라도 말씨를 자연스레 따라가는 것이기도 하지만, 전라도 사투리에 표준어로는 도저히 표현할 수 없는 어감을 담은 단어들이 있기 때문이기도 하다. 이를테면 '귄있다'(생김이나 행동이 귀엽기도 하고 매력

* 같은 책, 143면.

이 있으며 어쩐지 호감이 간다), '게미지다'(깊은 맛이 있다), '오살나다'(매우 심하게 나쁘다), '사삭스럽다'(오글거리게 하는 말이나 행동을 하다), '허벅하다'(단단하지 못하고 퍼져 있다) 같은 말들은 사전에 나오는 말 가운데 딱 들어맞는 대체어가 없는 듯하다. 괄호 안에 적은 뜻풀이는 '전라도 사투리 사전 2'에서 인용했다. 정식 출간된 책은 아니고 엄마가 사투리가 생각날 때마다 단어와 뜻을 적어놓는 수첩의 이름이다. 왜 '2'라는 숫자가 붙었냐면 전에 기록하던 수첩이 사라져서 기록을 다시 새로 시작하셨기 때문이다. 사전에 수록되지 못하고 잊히기에는 너무나 아까운 단어들을 엄마가 이렇게라도 모아두어서 다행이다.

우리는 보통 '사전에 나와 있는 말만 써야 한다'고 생각한다. 내가 책 번역을 할 때도 어떤 단어를 써도 되는지를 판단할 때 사전을 기준으로 삼는다. 표준어가 아닌 말이 틀렸기 때문에, '잘못'이기 때문에 안 쓴다기보다는(서울 경기 말이 아니라고 틀렸다거나 잘못이라고 할 근거는 없다), 그 말을 알아들을 사람이 별로 없으면 의사소통이 잘 이루어지지 않을 것이기 때문에 못 쓰는 것이다. 아무리 '사삭스럽다' 말고 다른 말로는 표현할 수 없는 상황이라고 하더라도, 그 말 말고 다른 말은 다 모자라고 석연치 않다 하더라도, 많은 사람이 두루 쓰지 않는 단어는 쓸 수가 없다.

그래서, 새로 생기는 말도 많지만 사라지는 단어도 많다. 쓰이는 장소가 서울이 아니라는 이유로 천대받는 사투리, 시대가 바뀌면서 쓰이지 않게 된 옛날 말, 잠시 쓰이다 만 유행어, 특정 계층만 쓰는 은어, 비속어. 쓰지 않는 단어는 사전에서도 사라지고 영원한 망각의 길로 접어든다.

어떤 단어를 사랑한다면, 써야 한다. 사라지지 않도록. 사랑받기만 하면 '돌이'처럼 아무 영양이 없는 돌을 먹고 사는 생명체조차도 멸종위기를 극복하고 번성해서 세상에 퍼질 수 있다.

내 마음속의 사전

사전에 나와 있는 정의는 가능한 한 건조하게, 기름기를 쫙 빼고, 집필자의 영혼이나 존재, 삶의 흔적이 담기지 않도록 애써서 쓴 것이다. 그렇지만 어떤 단어를 사람들은 저마다 조금씩 다른 뜻으로 여길 수도 있고, 그 단어를 보며 사전에는 기록되지 않은 어떤 감정을 느낄 수도 있다. 어떤 단어들은 뜻을 피상적으로만 알았다가 살면서 어느 순간 처음으로 경험하고 전혀 새로운 느낌으로 떠올리게 되기도 한다. 사랑이라든가, 외로움이라든가, 노화라든가, 다리에 쥐가 나는 것이라든가. 경험해보기 전에는 알 수 없었던 것들이다.

또 사람들은 저마다 좋아하는 단어가 있고 싫어하는 단어가 있을 것이다. 나는 '지인'이라는 단어를 싫어한다. 합리적인 이유가 있는 건 아니고, 원래 문어에서만 쓰던 단어가 어느 시점부터 구어로도 쓰이게 되어(영어 'acquaintance'의 영향이 아닐까 싶다) 그런지는 몰라도 어색해 보이고 젠체하는 느낌이 든다. 앰브로즈 비어스의 『악마의 사전』에서 촌철 같은 정의를 읽고 나니 더욱 쓰기가 꺼려진다.

acquaintance(지인): 돈을 빌릴 수 있을 만큼
잘 알지만 돈을 빌려줄 수 있을 만큼 잘 알지는

> 않는 사람. 가난하고 별 볼 일 없으면 '별로 가깝지 않다'고 말하고 부유하고 유명하면 '친하다'고 하는 상대.*

그런가 하면 내가 특히 좋아하는 단어들도 있다. 주로 이제 쓰지 못하는 단어들이다. 어릴 때 특정한 곳에서 접한 단어는 처음 보았을 때의 맥락, 느낌, 분위기가 함께 떠오른다. 신기료장수, 능금, 아가위, 아교, 아마포, 축음기… 이런 말들은 어릴 때 동화책에서 봤는데 실제 생활에서 접한 적은 없는 말이니까 내가 어릴 때도 이미 화석이 된 단어들이다. 여기 적은 것보다 훨씬 많은 말들이 있었을 텐데 잃어버렸고 이제 다시는 찾을 수도 없어서 너무나 아깝다.

어릴 때는 곧잘 썼지만 이제는 쓰지 않는 단어도 있다. 양옥집, 혹성, 지남철, 소독저, 사진기, 복덕방, 세숫대야, 구멍가게 등은 이제 사라져서 잘 쓰이지 않거나 부적절해졌거나 다른 단어로 대체된 단어들이다. 죽은 단어들.

* Ambrose Bierce, "The Devil's Dictionary", *The Collected Writings of Ambrose Bierce*, Citadel, 1946, p. 193.

한편 나에게 '빼다지'라는 말은 아버지의 잡동사니 물건이 가득 들어 있던 서랍을 떠올리게 하고, '덕석'이라는 말은 어릴 때 겨울이면 코끝이 시릴 정도로 추운 집에 살 때 엄마가 손뜨개로 떠준 연초록색 조끼를 소환한다. 감정적 기억과 향수를 불러일으키는 단어들. 그러니 사람은 누구나 자기만의 정의가 가득 쓰인 사전, 요즘 쓰는 말과 알고는 있지만 이제는 쓰지 않는 말, 나만 아는 것 같은 말, 좋아하는 말과 싫어하는 말이 담긴 사전을 하나씩 가슴에 품고 있는 셈이다.

또 우리는 불분명한 생각을 표현하기 위해, 혼란스러운 경험을 이해하기 위해, 흔들리는 감정을 고정하기 위해, 더 많은 단어를 원하고 필요로 한다. 요즘 우리의 어휘 목록에 가스라이팅이나 맨스플레인 같은 단어가 새로이 들어오면서 답답했던 가슴이 뚫리는 듯한 경험을 한 사람이 많을 것이다. 나도 그랬다. 대학교 때 어떤 선배가 왜 나를 좋아한다고 하면서 늘 나를 깎아내리고 지적했는지 알게 되었다. 번역을 포함한(!) 모든 주제로 나를 가르치려고 드는 사람(번역과 전혀 무관한 분야에 종사한다)한테 가볍게(속으로) 꼬리표를 붙여주며 쾌감을 느낄 수도 있게 되었다.

그래서 우리에게는 더 많은 단어가 필요하다. 이를테면 나는 집 안의 항상성을 유지하는 데 필요한 눈에 보이지 않는 노동(화장실에 휴지 채워 넣기, 다 떨어진 생필품 사놓기, 쓰레기 버리기, 구석구석에 앉은 먼지 닦기 등)을 드높이는 장려한 단어가 있었으면 좋겠다. 또 내 마음속에 늘 어지러이 떠다니는 감정을 딱 집어 고정해놓을 단어도 있었으면 좋겠다. 곤란한 상황에 처한 사람을 돕고 싶은데 용기가 없어서 돕지 못하고 마음에 남은 짐, 누군가를 현실에서 만났을 때보다 꿈에서 만났을 때 더 반갑고 애틋한 현상, 예전에 내가 저지른 어떤 실수가 아무리 시간이 지나도 잊히지 않고 늘 지금의 일처럼 떠오르는 것 등. 그런 마음을 가리키는 단어들이 있다면, 다른 사람들도 쓴다면, 나만 그런 것은 아니구나 생각하고 안심이 되기도 할 것이다. 또 문장을 이렇게 써도 어색하고 저렇게 써도 성에 안 차서 고민하던 차에 어떤 단어 하나가 떠오르면서 이후로 문장이 스르륵 써질 때 열쇠가 되어준 그 단어를 가리키는 단어도 있으면 유용하겠다. '베르붐 엑스 마키나(verbum-ex-machina)'라고 하는 것도 괜찮을 듯싶다('데우스 엑스 마키나'가 복잡한 문제를 해결하기 위해 뜬금없이

(기계장치로) 하늘에서 내려온 '신(deus)'이니까, 하늘에서 뚝 떨어진 '단어(verbum)'라는 뜻으로).

나는 또 세상에 노인들을 위한 사전이 있었으면 좋겠다. 어느 날 엄마가 텔레비전에 나오는 단어 중에서 모르는 단어를 죽 적어 보냈다(엄마는 전라도 말만 모으는 게 아니라 모르는 말도 모은다. 엄마가 잊고 싶지 않은 단어의 목록과 엄마가 모르는 단어의 목록이 날마다 늘어난다). 플렉스, 빌런, 셀럽, 스웩, 훌리건, 클리셰, 디스, 피셜, 시그니처, 캘리그라피, 굿즈, 텐션, 부캐, 신스틸러… 2백 개가 넘었다. 텔레비전에 나오는 말 중에 모르는 말이 하나도 없다가, 그런 말이 하나둘씩 늘어가고, 그게 언젠가는 2백 개를 훌쩍 넘게 되는 일을 상상해본다. 노인이 되고 텔레비전 말고는 하루를 보내는 마땅한 방법이 없는데, 그 텔레비전에 내가 모르는 말이 아무렇지도 않게, 아무 설명도 없이 나온다는 상상을 해본다.

식구들이 모여 있는 단톡방에서 잠깐 이야기가 오가고 늘 그러듯이 이모티콘으로 대화를 마무리하려고 하자, 엄마는 이렇게 말했다. "나는 이모티콘이 무슨 뜻인지 몰라서 못 써." 만화를 보면서 자라지 않은 세대에게는 만화적 표현의 클리셰가 명백한 뜻으로 다가오지 않는다. 만화 캐릭터의 표정이나 동작, 땀방울, 안면홍조, 반짝이, 동작선 등의 의미에 익숙하지 않다. 이모티콘이 없으면 의사소통하기가 어렵다는 세대와 이모티콘으로 의사소통하는 법을 알 수가 없다는 세대가 같이 메신저로 대화를 나누고 있다.

외래어, 이모티콘, 약어, 의미를 알 수 없는 기호가 늘어가고 다른 사람들은 아무렇지도 않은 듯 사는 일상이 나에게는 알 수 없는 것이 되어 자신감을 잃는 일을 상상해본다. 쏟아지는 신조어를 따라가기 위해 허겁지겁 내 머릿속 사전을 업데이트하고 의미의 사각지대를 없애려고 해 보아야 내가 모르는 세상의 크기는 점점 커진다. 머릿속 사전은 세상에서 점점 늘어가는 어휘에 비해 상대적으로 나날이 작아진다. 이런 모든 기호의 의미를 알려주는 사전이 있으면 좋겠지만, 그런 것은 사실상 있을 수가 없다. 사전은 새로운 것을 담기보다는 오래된 것을 놓치지 않고 모아놓기에 훨씬 적합한 그릇이다. 엄마가 '전라도 사투리 사전 2'에 단어를 적을 때는 모호한 것, 잊히는 것이 줄어드는 느낌이겠지만 '텔레비전에 나오는 모르는 단어' 목록을 적을 때는 알 수 없는 것이 계속 늘기만 하는 느낌일 것이다.

가브리엘 가르시아 마르케스의 『백년의 고독』에서, 작은 마을 마콘도에 망각의 병이 닥쳐 사람들이 이름을, 지난 일을, 단어를 잃기 시작한다. 한 인물이 자기 주위에 있는 모든 사물에다가 종이쪽지에 이름을 써서 달아놓는다. 책상, 의자, 시계, 문, 침대, 냄비…. 그렇지만 이름표를 만들어 붙일 수 없는 단어는 어떻게 하나? 눈물, 기억, 고독, 개미… 같은 것들은? 언어에 대한 기억을 잃기 시작하면 그때는 어떻게 하나?

아버지는 일제시대 때 교육을 받아 일본어를 편히 읽고 썼고(어릴 때 배워서인지 일본어로 읽는 속도가 한국어로 읽을 때보다 빠르다고 했다) 20년 가까이 다닌 직장에서는 영어를 썼다. 뇌경색을 일으켜 뇌가 일부 손상된 뒤에는 그리스어를 익히기 시작했다. 아버지가 다시 쓰러지고 단어를 잃기 시작한 뒤에 아버지가 가장 마지막까지 기억한 단어들은 어떤 것이었을까 나는 가끔 생각한다. 한국어였을까, 일본어였을까, 영어였을까, 그리스어였을까. 모든 것을 다 잊어버린 뒤에도, 당신이 누구인지조차 잊어버린 뒤에도 엄마의 이름만은 기억하던 것을 생각한다.

내가 제아무리 열심히 단어를 모으고 잃어버리지 않으려고 챙겨 보아야, 내가 잃어버리고 놓치는 단어의 수는 하루하루 점점 늘어난다. 내 사전은 점점 더 얇아지다가, 어느 날에는 수명을 다할 것이다. 각 단어에 얽힌 나의 기억, 경험, 감정, 느낌도 세상에 존재하지 않는 것이 될 것이다.

나를 만든 세계, 내가 만든 세계
'아무튼'은 나에게 기쁨이자 즐거움이 되는,
생각만 해도 좋은 한 가지를 담은 에세이 시리즈입니다.
위고, **제철소**, **코난북스**, 세 출판사가 함께 펴냅니다.

아무튼, 사전

초판 1쇄 2022년 10월 10일
초판 3쇄 2024년 6월 10일

지은이 홍한별
편집 이재현, 조소정, 김아영
디자인 일구공 스튜디오
제작 세걸음

펴낸곳 위고
출판등록 2012년 10월 29일 제406-2012-000115호
주소 경기도 파주시 돌곶이길 180-38 1층
전화 031-946-9276
팩스 031-946-9277

hugo@hugobooks.co.kr
hugobooks.co.kr

ISBN 979-11-86602-89-8 02810